被弟控姊姊
我其實是
發現最強魔法士。
在學園裡
再也無法
隱藏實力
1
Kadokawa Fantastic Novels

事件開端
the beginning of things
小艾果然是能幹的孩子！
姊姊我一直很相信你喔！
榭希兒・阿斯塔列亞
艾爾文的姊姊。在學園隸屬於騎士團。非常非常非常喜歡弟弟，到了求婚的程度。
「姊……姊姊……？有，有點痛所以放開我吧……」
「沒想到小艾擁有這麼厲害的實力！啊，這麼說來……為什麼瞞著不說？」
「因……因為……」
「既然你這麼強，大家一定也都會接受喔——」
我只是想過著墮落的生活。這種話即使撕破嘴也不敢說。
「接受你和姊姊結婚。」
真的是撕破嘴也不敢說。
「不……不能再這樣下去了！必須立刻向大家炫耀才行！」
「等一下？姊姊？」
前一秒才突然抱過來，榭希兒就在下一瞬間朝著洞窟外面跑走了。
速度真的是快如疾風。
連可愛弟弟的制止都拋在腦後。
「姊姊啊啊啊啊啊啊啊啊啊啊啊！！」

小艾，恭喜你！這樣就漂亮加入騎士團的行列了！
「小艾，你其實沒有意識到姊姊我是異性嗎？我總覺得收到這個好消息了。」
「這……這是妳多心了，沒錯！所以妳的手快點放開我的褲子啦！」
馬車裡傳出熱鬧的聲音，據說這時候的馬車夫會心一笑。
題外話，後來艾爾文好不容易在保住貞操並且拒絕被記錄成長的狀態成功換好衣服。
「啊，今天下課後要來訓練所喔！我要和入團志願者一起舉辦見面會和弟弟炫耀會！」
「後者的聚會絕對只有姊姊一個人參加吧……！」

莉潔洛緹・拉列里亞
學園騎士團的團長，也是第二公主。艾爾文的實力引起了她的注目……？
蘇菲雅
和艾爾文同一屆入學的平民少女。後來一起加入騎士團。
加入騎士團
the knights of the academy

約定

a promise to her

「當然，我並不是基於傲慢而這麼說——這是我的使命，我的承諾。」

並不是自大地認為一定能拯救。

或許敵人正如莉潔洛緹所說非常強大，只有艾爾文他們的話會反過來被打倒。

即使如此，也已經約定好一定會保護。

就算以生命作為代價，艾爾文也必須前往榭希兒身邊。

現在的艾爾文沒有「等待王國騎士團」這個選項。

欸嘿嘿……
小艾，你果然來了。

學園

academy

貴族以及繳納高額入學金的平民就讀的學園。
魔法士與騎士雙方都包括在內。

學園內部校區環境平面圖

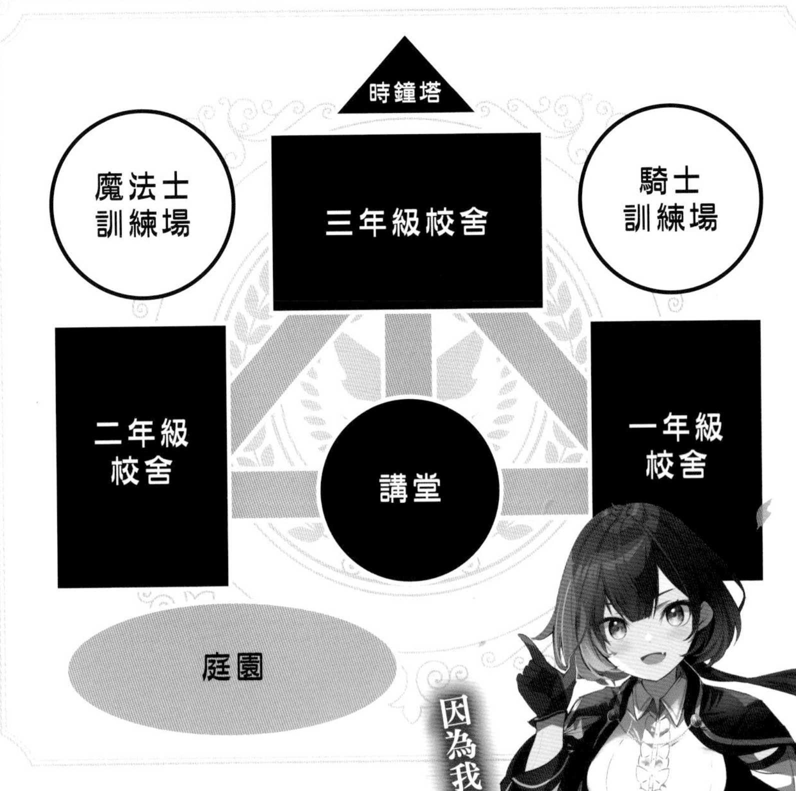

蕾拉・卡瑪因

和艾爾文來往已久的情報販子少女。在榭希兒發現之前是唯一知道艾爾文實力的人物。

楓原こうた
插畫 福きつね
被弟控姊姊
我其實是
發現最強魔法士。
在學園裡
再也無法
隱藏實力
1
Kadokawa Fantastic Novels

INDEX

My sister found out that I was actually
the strongest wizard

序章

——雖然很突然，不過在這裡介紹一名少年吧。

艾爾文·阿斯塔列亞。

繼承阿斯塔列亞公爵家名號的嫡子。

在王國裡也是名列前四的名門貴族，歷史可以追溯到王國誕生的五百年前。

公爵家的人都很優秀。

現任當家擔任王國騎士團的團長，夫人是魔法士團的前副團長。

此外，大艾爾文兩歲的姊姊榭希兒是學園首席，年紀輕輕就劍術精湛，被稱為王國騎士團長的接班人。

現在就已經憑著實力擔任學園內部騎士團的副團長。

艾爾文被這樣的家人圍繞，但是據說這名少年沒有什麼特別的實力。

反倒是比起家人，他可說是惡名昭彰。

自甘墮落、自由奔放、任性、無能。
從早到晚窩在家裡，只在想玩的時候玩個痛快。
和優秀的姊姊截然不同，周圍總是拿姊弟兩人做比較，不由得低聲抱怨。
雖然這麼說，但是當事人幾乎不以為意，令人吃驚。
一般來說，被拿來和優秀的自家人做比較，內心多少都會感到自卑，但是厚臉皮的艾爾文依然故我。
這使得周圍的負面評價變本加厲——稱他是「公爵家之恥」。

「唔——……不過盜賊還真多耶。」

激烈的聲音響遍洞窟內。
在陰暗的空間裡，剪短的整齊白髮被火把紅光照得微微發亮，許多影子接連趴倒在地。
「這……這傢伙是怎樣？」
「對手只有一個小鬼啊！」
「對上這種傢伙，我們為什麼……嗚啊！」
鬼哭神號。

在狹小的空間裡，盜賊們的聲音聽起來何其淒慘。

然而即使聽到這種聲音……艾爾文依然面不改色地揮動拳頭。

（這裡好歹也是公爵領地，居然恬不知恥地想要在這裡設立根據地。連一大早就想領抽獎券的主婦都不會這麼認真賴在這裡不走……）

受不了，真是傷腦筋。

艾爾文撐著石壁輕聲嘆氣。

接著以石壁為中心，冰之波浪襲向盜賊團。

波浪的速度無疑比人類的腳程快。被冰浪吞噬的人瞬間化為冰雕。

「你……你這傢伙是什麼人……！」

洞窟裡唯一走運沒被冰浪吞噬的盜賊癱坐在地，注視著艾爾文。

「當然不可能對壞蛋自報姓名吧。這邊也有不想表明真實身分的苦衷，你可以理解嗎？懂了沒？」

艾爾文「呼——」地吐出白色的氣息。

這一瞬間，冰的漣漪朝著一整面擴散——接觸到那男人的腳。

「這個聲音，難道是公爵家之恥的——？」

男人正要說出某個名字的瞬間，冰之漣漪終於吞噬他的全身。

寂靜擴散，朦朧透明堪稱幻想世界的景色在剎那之間完成。
「……這個人剛才好像提到我了？」
艾爾文露出疑惑的表情，慢慢接近化為冰雕的男性。
「哎，是我多心了吧。畢竟我有遮住臉，而且應該沒人會認為我是『公爵家之恥』。」
——其實艾爾文並非無能。
而且從客觀角度來看，真的可以稱為「天才」。
他是歷代罕見將冰之魔法鑽研到登峰造極的魔法士，是面對體格大上一號的人類集團也能全部打倒的肉搏戰高手。
綜合來看是優秀到無懈可擊的人類。
也是足以令人質疑周圍評價的男性。
只不過——
「因為懶散度日比較輕鬆吧。看姊姊那樣就知道他們太辛苦了。我可沒興趣在生涯規劃調查表寫上『社畜』。」
可以試著展露這份實力看看。
下一瞬間，各方面都會為了避免暴殄天物，給予他做牛做馬般的未來吧。
對於以吃、睡、玩為最高原則的艾爾文來說，並不需要名譽與名聲這種東西。

正因如此，他很感謝現在周圍傳開的這種評價。
這樣的話，做牛做馬般的未來應該不會來臨吧。
所以只有這份實力絕對不能被發現。
「……不過，我覺得應該不會被發現啦。」
父母總是因為公務而離開公爵領地。
艾爾文會像這樣進行慈善事業，不過大致上都會殺掉對方所以不成問題。
姊姊是就讀學園的學生，白天根本不在公爵領地，所以幾乎沒有實力曝光的風險。
「尤其姊姊很危險……要是她知道弟弟擁有這種實力，肯定會大肆張揚。為了我優雅的墮落生活，唯獨絕對不能被那台自走擴散機發現！」
進行恐怖的想像之後，艾爾文不由得背脊發寒。
但是他冷靜做個深呼吸，將腦海浮現的劇本趕到角落。
就在這個時候。
背後傳來某人的腳步聲。
聽到聲音的艾爾文反應很快。盜賊集團的餘黨嗎……如此心想的他頭也不回，以雙手製造冰之短劍射向身後。
然後一口氣拉近距離，揮拳便要破壞敵人的武器——

「咦……小艾？」

——那個瞬間。

敵人的臉終於映入艾爾文的視野。

不對，與其說是敵人……他對這張臉熟得不能再熟，應該說和姊姊長得一模一樣。

不同於艾爾文的豔麗金色長髮，以及翡翠色的眼睛。

端莊美麗又純真的臉蛋，隔著鎧甲也看得出來的傲人身材。

不可能沒看過。這個人無疑是自己的姊姊——榭希兒・阿斯塔列亞。

艾爾文的額頭冒出冷汗。

「呃，嗨，姊姊……」

這時候必須想辦法隱瞞才行。

艾爾文的大腦開始全速運轉。

雖然不知道姊姊為什麼在這裡，但是被他目擊討伐盜賊的現場，自己的實力很有可能會被姊姊發現！

「今天也是風和日麗——」

「必……必須立刻通知爸爸他們才行……！」

「聽我把話說完啦，姊姊！」

榭希兒匆忙右轉即將離開時，艾爾文抓住了她的手。

「因……因為那個小艾居然打倒了盜賊啊！姊姊我知道你是想做就做得到的孩子，可是看見這個光景哪能不吃驚呢？」

「啊，不……這是我來的時候就——」

「而且我明明沒有掉以輕心，我的劍卻被打飛了！」

艾爾文必須找個像樣的藉口才行。

現在沒空哭哭啼啼了。

「……姊姊為什麼在這裡？現在是去學園上學的時間吧？」

「我隸屬於學園的騎士團喔。來到這裡當然是為了工作啊。」

「這樣啊……真是勤勞又偉大的姊姊……！」

艾爾文現在好想詛咒這份勤勉。

「話說回來，小艾果然是能幹的孩子！雖然有點擔心你整天都在玩，不過姊姊我一直很相信你喔！」

說到這裡，榭希兒就猛然抱住艾爾文。

艾爾文平常就非常習慣被姊姊緊抱，但是現在以「堅固、安心、安全」為銷售口號的鎧甲過於堅硬，害他臉頰痛到像是要陷進去，很自然地雙眼泛淚。

「姊……姊姊……？有、有點痛所以放開我吧……」

「沒想到小艾擁有這麼厲害的實力！啊，這麼說來……為什麼瞞著不說？」

「因……因為……」

「既然你這麼強，大家也一定都會接受喔——」

我只是想過著墮落的生活。

這種話即使撕破嘴也不敢說。

「接受你和姊姊結婚。」

真的是撕破嘴也不敢說。

「不……不能再這樣下去了！必須立刻向大家炫耀才行！」

「等一下，姊姊？」

前一秒才突然抱過來，榭希兒就在下一瞬間朝著洞窟外面跑走了。

速度真的是快如疾風。

連可愛弟弟的制止都拋在腦後。

「姊姊啊啊啊啊啊啊啊啊啊啊啊啊！！！」

被留下來的艾爾文像是悲劇女主角般雙腳跪地，朝著不可能搆得到的榭希兒伸出手。

然後——

「怎麼會這樣……！」

艾爾文露出絕望的表情，握拳搥打地面。

接下來會演變成什麼狀況？

答案將在半天後揭曉——

公爵家之恥

這天傍晚，艾爾文在家裡坐立不安。

不同於姊姊榭希兒，艾爾文還沒就讀學園。

話是這麼說，不過從年齡來看會在今年就讀。

雖然很想大聲哭鬧說我不想上學不想上學不要不要真的不要，但是站在公爵家的立場，沒就讀學園會造成自家人的困擾。

現在就已經因為「公爵家之恥」的惡名造成困擾了，要是繼續恥上加恥，這個家將會難以在社交界與貴族世界存活。

艾爾文終究沒厚顏無恥到這種程度。

他很清楚享受墮落生活必須遵守的底線。

——話雖如此，但這是題外話。

（好啦，姊姊回來之後要對她說什麼呢……）

那台自走擴散機的作風可想而知。

必須儘快叮嚀她保密，否則會造成無法挽回的後果。

不能容許自己隱瞞至今約十年的辛勞因為這件事而泡湯。

這麼一來，就得想辦法巧妙讓榭希兒認為是自己誤會了。

（……不過我不認為這麼快就能改變什麼。）

肯定會在回家之後早早就問「那個實力是怎樣？」這種問題吧。

在玄關前面心神不寧地走來走去的艾爾文，腦中正在模擬到時候的應對方式。

然後，玄關大門終於發出喀嚓的聲音打開了。

「啊，姊姊歡迎回——」

從門後現身的是雙眼發腫，正在哭泣的姊姊。

「嗚……小艾，我回來了……」

「發生什麼事了？」

這種登場方式實在出乎意料。

「大家……」

榭希兒是開朗到令旁人招架不住，常保笑容彷彿太陽的女孩。

這樣的她居然在哭泣，到底發生了什麼事？艾爾文不禁擔心起來。

「我明明說了好幾次，但是大家都不肯相信小艾很強啦——！」

短短三秒就將這份擔心拋棄了。
「這是當然的吧。就算突然說公爵家之恥『其實很強喔~』，正常人也不會相信。」
「嗚……我明明在全校集會的時候好好說出來了……」
「我的天啊……」
艾爾文太小看自走擴散機了。
沒想到在換日之前就已採取行動。
這害得他更不想就讀學園了。
「姊姊，聽清楚喔。是姊姊妳嚴重誤會了。」
艾爾文以嚴肅的眼神注視榭希兒的雙眼。
摟住她的肩膀，明確展現想要傳達給她的心情。
大概是成功傳達了，榭希兒邊拭去眼角的淚水邊露出甜美的微笑。
「嗯，小艾……我知道。」
「不愧是姊姊……」
「我這個姊姊可不是白當的喔，因為和小艾共度了很長的時光。」
所以我知道。大概是理解了艾爾文的心情，榭希兒以自信的表情如此斷言。
艾爾文開心得不禁不小心陷入心動般的感覺。

「姊姊……」

艾爾文或許稍微誤解了——

「婚禮要等到成年之後對吧？」

——誤解姊姊腦袋的秀逗程度。

「不是的，姊姊，我想說的不是這種事。」

「這種事？小艾把我們的婚事說成『這種事』？」

「不是這種事。」

「還說了兩次！」

——其實這位樹希兒·阿斯塔列亞有嚴重的戀弟情結。

從小就愛慕著弟弟，灌注了過度的愛情。

即使是端莊秀麗，實力與家世都毫無問題的優良人選，到了這個年紀卻還沒有訂婚對象的原因，在於她認真說出了「我要和弟弟結婚！」這種話。

因為以這種胡言亂語當成藉口拒絕提親，所以周圍都知道樹希兒的戀弟情結有多嚴重。

加上彼此沒有血緣關係，所以樹希兒的戀弟情結變得更加棘手。

話雖如此，這種事現在一點都不重要。

「我啊，沒有姊姊想像得那麼厲害。妳知道周圍是怎麼說我的吧？」

「帥氣可愛又出色的男性典——」

「說我是無能的公爵家之恥。」

艾爾文打斷榭希兒的話語接著說下去。

「那時候我只是湊巧迷路闖進了洞窟，湊巧看到盜賊們倒在地上，湊巧把姊姊的劍打飛罷了。」

「是這樣嗎……？」

「就是這樣。所以——」

艾爾文的話還沒說完，榭希兒就拔劍砍向他的脖子。

但是艾爾文筆直注視著榭希兒……就這麼抬腿將劍踢到遠方。

「希望妳相信我。」

「姊姊我沒有能夠相信你的要素了。」

即使看都不看一眼就把劍踢掉，艾爾文依然以正經的表情這麼說，榭希兒便賞了他一個白眼。

別看榭希兒這樣，她擁有只靠劍技就能率領學園騎士團的實力。

艾爾文看都不看就能應對這種人的劍，所以他這麼說實在是太牽強了。

「妳誤會了，姊姊！剛才那是湊巧……沒錯，是湊巧！」

「腳湊巧往上踢的這種狀況還真厲害。」
「可惡！揮劍砍弟弟的姊姊爛透了……啊！」
隱約聽見了說話聲。
周圍的傭人們看向這裡竊竊私語。
察覺這件事的時候已經太遲了——因為原本被認為無能的艾爾文無詠唱就使用了魔法。
「明天和姊姊一起去學園讓大家相信吧！」
「這是誤會啊————————————！」
在露出滿面笑容的姊姊身旁，艾爾文的叫聲響遍玄關。

◆◆◆

艾爾文早上意外地早起。
理由非常單純……因為他極度墮落到認為回籠覺才是最棒的。
「唔唔……」
艾爾文因為窗簾縫隙灑入的陽光而清醒。
明明昨天才被姊姊發現真正的實力，日常生活卻依然一如往常。

能聽見外頭傭人們的聲音與小鳥的啼聲。舒適的氣候和涼爽的風，而且……手臂傳來具有彈性的柔軟觸感。

「呼嘿嘿……小艾……」

艾爾文不經意地轉向側邊。

美麗又可愛的臉上掛著十分放鬆的表情，從睡衣的縫隙露出細緻柔軟的肌膚，令許多男性著迷的肢體。

嗯，這可真是不得了。

艾爾文揉著惺忪的睡眼，察覺到抱住他手臂的這個存在。

話雖如此，這是一如往常的光景。

好啦，繼續睡回籠覺吧。艾爾文如此心想，身體再度往床上——

「要是睡回籠覺就會有姊姊的吻……」

「身體有危險！」

——沒有躺下去，而是迅速起身。

「早安，小艾……為什麼起來了？」

「因為剛才差點跨過不能跨越的界線……！」

「哎喲——」

榭希兒慢慢撐起身體。

豐滿的乳房不檢點到差點走光，但她看起來不在意這種事。

這副模樣令艾爾文心跳稍微加速。

——話說在前頭，榭希兒與艾爾文是姊弟。

不過榭希兒是公爵家收養的養女。

這是大約五年前的事。

榭希兒原本是公爵家現任當家的朋友——現在已故子爵家當家的獨生女，在無依無靠後由公爵家收養。

因此兩人雖然是姊弟，同時也是沒有血緣關係的男女。

雖然真的有各種弊害與問題，不過既然是男生，就某部分來說難免會稍微把姊姊當成異性看待。

「唉……雖然每次都會問，但妳為什麼要鑽到我床上？想確立自己的寵物定位嗎？」

「算是預演之類的……？」

「等一下，姊姊！完全沒人認同我們是夫妻或是可以同房！」

被說得簡直像是既定事項，艾爾文總之先予以否定。

「呼啊……總覺得小艾好像在胡說八道，不過算了。先起床吃飯吧。」

「就算進行綜合判斷，胡說八道的明明是姊姊才對吧……」
最近都沒能好好睡回籠覺……
如此心想的艾爾文嘆著氣並起身下床。
「這麼說來，小艾為什麼會跑去打倒盜賊？而且比正式接受委託的姊姊我還快？」
「就說是湊巧——」
「姊姊我的嘴好寂寞。」
「我會定期從熟人那裡打聽情報進行討伐。終究不想看見領民困擾的樣子。」
艾爾文反射性地回答。
看到姊姊笑嘻嘻的模樣，他不禁咬住嘴唇。
「是喔～那就是從很久以前就開始了吧。有這麼溫柔的弟弟，姊姊我引以為傲喔～！」
「這樣威脅索吻終究實在不是開玩笑的，請妳注意一下啦！」
「不然要摸姊姊的胸部嗎？」
「…………唔。」
「啊，原來胸部就可以啊。」
看來即使是姊姊，沒有血緣關係的異性魅力還是具有某種跨越家族界線的要素。
「小艾是從今年開始就讀學園對吧？」

榭希兒和艾爾文同時站起來，慢慢從衣櫃取出學生服。

「在回答這個問題之前，我可以先問為什麼我的衣櫃有姊姊的制服嗎？」

「咦？也有其他的衣服喔。」

「所以說為什麼姊姊的便服會在我的衣櫃裡……！」

「討厭啦～當然是因為每次都要回我房間拿衣服很麻煩啊！」

「討厭啦～我的意思是叫妳去睡自己的房間啦！」

明明是在公爵家所以房間很大，卻特地把衣服放在同一個衣櫃，可說是枉費了這麼大的空間，也可以說希望姊姊澈底遵守倫理觀念。

面帶笑容的艾爾文額頭冒出青筋。

「總之，我今年會入學。只剩下一個月左右了。」

學園每個年度都會招募新生。

艾爾文是下一屆的新生，下個月終於要入學了。

墮落的生活也只剩一個月，不過只要撐過三年，就有一輩子的墮落生活等著他。

忍耐到那時候就好。艾爾文即使感到厭煩還是接受了這個安排。

「既然這樣，那麼時機正好耶～」

「嗯？什麼事？」

「今天小艾要和我一起去學園！」

榭希兒一臉得意。

一邊強調豐滿的胸部一邊這麼說。

「哈哈哈，姊姊妳真會開玩笑耶。」

「昨天沒能讓大家相信，不過只要帶小艾過去，大家肯定就會相信！」

「哈哈哈……欸，這是在開玩笑吧？我不會去喔。就算在我面前掛了一根紅蘿蔔也不會去喔！」

看見榭希兒充滿幹勁地握拳，艾爾文的背流下冷汗。

要是這時候讓她做了這種事，艾爾文墮落的生活將會一去不復返。

別人的嘴巴管不住。

要是被學園的人們得知真相，會以多麼快的速度傳開呢？光是想像就覺得可怕。

「喔——你不去啊——」

堅決不去！艾爾文交叉雙手如此表態，榭希兒見狀露出暗藏玄機的笑容。

這張笑容非常詭異，艾爾文不禁感到畏縮。

「怎……怎樣啦……就算威脅也沒用的！我想盡情享受墮落的生活，不可能去踩這麼明顯的地雷！」

「唔——你不聽姊姊的要求也沒關係啦，但是——」

然後榭希兒輕輕解開肩帶的繩結。

「相對的，就和姊姊我生米煮成熟飯吧♪」

「我們去學園吧。」

——就這樣，為了阻止家庭環境的惡化，艾爾文二話不說決定前往學園。

看來若要和近親共度一晚，理性終究戰勝了色慾。

◆◆◆

從公爵領地前往學園，搭乘馬車單程是一小時。

因為學園所在的王都鄰接公爵家的領地。

貴族以及繳納高額入學金的平民就讀的這所學園，原本設置了住宿制度。

但是部分貴族或平民就住在學園附近……某些學生基於這種理由從家裡通學。

榭希兒就屬於這種通學組。理由是「會和小艾分開所以不住宿舍」。

「嘻嘻，小艾，這是所謂的學園約會嗎？」

「……被抓住後頸拖來上學的模樣如果看起來很恩愛，那這個世界還真是和平。」

一大早起床，迅速吃完飯再迅速打理好服裝儀容的兩人，在馬車上搖晃約一小時之後來到學園。

巨大高聳的校門，自遠方就看得出有多麼雄偉的校舍，在入口附近百花爭豔的花壇。

應該說不愧是各地貴族集結的王國頂尖學園吧，規模令人瞠目結舌。

話雖如此，艾爾文即使被稱為恥辱，卻來自僅次於王室的高貴公爵家。

因為對於大規模的建築見怪不怪，所以他就只是乖乖地被抓住後頸拖進學園。

「我可以進來嗎？雖然之後就會入學，但我還不是學生啊？」

「正因為還沒入學才好吧。而且你想想，我們是公爵家對吧？能利用的東西就儘管利用吧——！」

換句話說就是濫用貴族頭銜。

這樣可以嗎？雖然艾爾文這麼想，但是被緊緊抓住以免他掉頭折返的後頸，使得這個疑問變得毫無意義。

「應該說，我來學園又能做什麼……姊姊上課的時候，我會變成很寂寞的小孤獨喔。」

「放心！我們接下來要進行上課前的訓練！不必上課所以不會孤獨！」

聽姊姊這麼說才發現，從剛才就沒看見通學的學生。

畢竟現在還很早，應該還沒有學生來上學吧。榭希兒這樣的學園直屬騎士團成員會來進行晨練，所以這或許是理所當然。

「……所以到底要我做什麼？話說在前頭，無論誰怎麼說，我都不會展現實力喔。」

「啊，你不再隱瞞了啊。」

「我覺得已經瞞不了姊姊，所以放棄了。」

但是並沒有放棄墮落的生活。

為此必須想辦法撐過榭希兒所說「挽回名譽」的場面。

優雅的睡眠，適度的娛樂，美味的餐點。只想過著這樣的生活。

沒用的勞動滾一邊去。被瞧不起也無妨。墮落的生活就是如此迷人。

「唔……姊姊我希望小艾好好努力耶。就這麼被瞧不起的話很難生活喔。而且我認為小艾非常適合騎士團！」

「為什麼？」

「因為你明明沒被任何人認同，至今卻一直在為民除害吧？」

「…………」

「這應該是因為小艾很善良，想要幫助遇到困難的人吧～？」

艾爾文在那座洞窟打倒盜賊是為了「想要幫助遇到困難的某人」。

依照當時的語氣，榭希兒認為直到那場巧遇，艾爾文都一直在做這種事。

明明不會被任何人誇獎卻持續助人，這是很偉大的事。榭希兒純粹是讚賞他這一點。

既然這樣，乾脆加入能獲得周圍認同又能助人的騎士團比較好。

榭希兒看著心愛的弟弟投以純粹的願望。

「姊姊妳不懂。總是把行動與願望劃上等號，是一種膚淺的思考方式。如同『試回答作者的心境』這種題目，客觀來看沒人知道明確的解答。」

「那麼，小艾你為什麼不願意？姊姊我好歹也是副團長，可以幫你美言幾句喔？」

「自甘墮落的生活是我的——」

「如果你說這是『願望』，我就會直接用嘴封住你的嘴。」

「——遙不可及的夢想，但是我也有各種苦衷啦！」

不被允許說出率直的想法，艾爾文咬牙切齒。

「姊姊……妳應該知道我為什麼不願意吧？」

「哼哼！別看我這樣，我當小艾的姊姊可不是當假的喔！而且你也有說過！」

「可惡……看見自己姊姊這麼可愛總覺得有點火大！」

榭希兒將豐滿的胸部強調到極限。

這個動作像是小孩子般很可愛，所以不太討人厭。這成為令人火大的要素。

「小艾，你聽好……這也是為了你喔。」

「喔喔？」

滿腦子只想把弟弟占為己有的姊姊居然會為弟弟著想。艾爾文稍微感興趣了。

「小艾很厲害。無詠唱就能使出冰魔法，戰鬥能力也強到將我的劍打飛兩次。」

「嗯嗯。」

「只要知道你的實力，周圍肯定也會改變評價，願意認同你吧。」

「嗯嗯。」

「這樣你就可以光明正大和姊姊結婚了。」

「我決定無論如何都不會展現實力了。」

「為什麼！」

艾爾文的意志變得堅定。

「不要不要！姊姊我想要炫耀啦～！」

「終於現出本性了，這就是妳的真心話嗎！」

「話說自甘墮落的生活根本就是不對的！你將來會繼任為當家，所以必須認真一點才行啦～！」

「說這種大道理也太卑鄙了吧！」

「不是卑鄙，是事實！而且姊姊我好不容易知道小艾是很厲害的孩子，所以也想讓大家知道啦～！」

你一言我一語。

姊弟這段和睦的對話響遍校門口。

直到榭希兒抓著艾爾文的後頸踏出腳步，就再也聽不到這股喧鬧聲了。

就這麼被榭希兒拖著走的艾爾文，被帶到像是訓練場的場所。

圓頂狀的開闊空間。內部沿著外緣是可以容納約五百人的觀眾席，中央能零星看見穿著運動服默默揮劍的學生身影。

榭希兒繼續拖著艾爾文走向這群人。

「呀呼～！」

榭希兒舉起手打招呼。

於是學生們停下手邊的動作一齊低頭。

「「「「您辛苦了，副團長——！」」」」

明明是學生卻相當有紀律耶。

艾爾文看著這樣的眾人略感意外。

說到學園裡的騎士團，是將來立志成為騎士的人們為了累積經驗而成立的組織。

雖然比不上王室直屬的騎士團或是在領地效力的騎士團，不過確實會收到城市或國家的委託，也會參加頗具規模的活動。

進入學園的騎士團有利於將來進入別的騎士團，所以現在就已經決定出路的人們幾乎肯定會隸屬於學園的騎士團。

話雖如此，不過光是隸屬於這裡並不會被歸類為騎士，以立場來說算是騎士見習生。

榭希兒將來也想和父親加入相同的騎士團。

在場的人們恐怕將來都會成為騎士吧。

「嗯，辛苦了～！各位今天也是一大早就很了不起耶～」

「沒……沒那回事啦。」

「嘿嘿……居然被副團長稱讚，一大早運氣就很好。」

「看樣子，我的好感度提升得最多吧。」

不過，這種過度的非分之想感覺和年齡相符。

「話說副團長，那個男的到底是……？」

「哼哼！你問得很好——這孩子是我的弟弟（男友）！」

「等一下，姊姊。剛才加了奇怪的標注。」

這樣不會招致誤會嗎？

光看剛才的一連串對話就知道，這些騎士見習生對姊姊有意思。

要是遭受這種誤解，第一次見面就會降低好感度吧。
這時候必須儘快解除誤會才行。
艾爾文站起來整理衣領，準備進行自我介紹。
「各位初次見面，我是榭希兒的弟弟——」
「啊？弟弟？」
「你想被宰嗎，啊啊？」
「剛好買了一把新劍，讓我試砍一下吧。」
「這不是對待弟弟的反應吧！」
艾爾文的好感度別說是提升，反而確實地降低了。
「也就是說，這傢伙是公爵家之恥……」
「是副團長寄情的對象，沒有血緣關係的無能……」
「只要現在在這裡除掉這傢伙，副團長就……」
「姊姊，立刻離開這裡吧。不然弟弟我將會被妒火焚身的傢伙當成獵物。」
「咦？」
沒察覺那些像是要刺殺般狠狠瞪過來的視線嗎？
榭希兒就只是可愛地歪過頭。

「所以副團長，您為什麼帶這個混帳傢伙……這位弟弟過來？」

好感度低到用「混帳傢伙」稱呼嗎？艾爾文的臉頰變得僵硬。

看來大家都知道這個姊姊過於喜歡弟弟了。

「嗯！昨天大家不肯相信小艾的厲害，所以今天想讓各位見識小艾的厲害！」

「「「「這樣啊～」」」」

「然後，我也想要排除大家的意見，讓他加入騎士團！」

「「「「是喔～」」」」

就像是現在隨時會挖起鼻孔般，騎士見習生們一副無所謂又不敢置信的態度。

明知他們不會相信，但還是不希望他們相信。雖然艾爾文內心這麼想，卻覺得這些傢伙真令人火大。

「請等一下！」

在這個時候，忽然有一名男性從騎士見習生們之間鑽出來。

比其他人高了些，端正的臉孔與剪短的整齊金髮異常顯眼。

「……誰？」

「嗯？和我一樣是副團長的路易斯同學。是侯爵家之子喔。」

「帥哥真令人火大。」

「放心，小艾你比較帥！和你比較的話很可憐的！」

兩人開始說起悄悄話。

無論嘴裡怎麼說，兩人的感情還是非常好。

「怎麼了，路易斯同學？總覺得表情很嚇人耶？」

「姊姊，他肯定是累了喔。這種時候不過問才是女性的禮儀。」

「咦？為什麼會累？」

「男生早上會累肯定只有那個原因吧。一樣是男生的我建議在這時候應該像是看到路邊有人跌倒那樣嘲笑一下。」

雖然艾爾文這麼說，但榭希兒仍歪頭表示不解。

男性的複雜隱情，對於依然可愛的淑女來說似乎還太早了。

「這種男人要加入神聖的騎士團，我無法認同！」

路易斯撥開人群之後，站在艾爾文他們面前。

「咦～……不行嗎？」

「不行！這傢伙是公爵家之恥……是傷害妳名聲的罪魁禍首！」

路易斯瞪著艾爾文。

由於沒加入喜劇情節，所以這個人的好感度最低吧。

雖然沒有特別感到害怕，但是艾爾文不敢領教。

（奇怪，以血統來說，我明明是公爵家……）

這就是平常的品行使然吧。

艾爾文沒有特別在意，旁觀著兩人的對話。

「總之，是我擅自帶他過來又擅自這麼說……可是路易斯同學，你竟敢當著我的面說小艾的壞話？」

旁觀的艾爾文心想「請節哀順變」。

她端正的臉蛋露出笑容，眼睛卻冰冷到有趣的程度。

包括沒有血緣關係的弟弟，就連一旁看著這一幕的騎士見習生們也理解了。

——榭希兒現在非常生氣。

路易斯似乎也感覺到了，頓時感到畏縮而後退了一步。

即使如此，他還是逞強著說下去。

「可是，這個男的不行！脆弱又遊手好閒的人渣進入騎士團會造成別人的困擾！」

「話說在前頭，小艾他很強喔。而且還比任何人都溫柔。我覺得沒有人比小艾更適合騎士團。」

「……我昨天就在想，妳每次提到弟弟都會胡言亂語。」

榭希兒「唔」地噘嘴。

大概認定這是好機會，路易斯抓準時機滔滔不絕地說下去。

然而就在下一剎那……

「妳的眼睛終於爛掉了嗎？就算實力再好，卻對這樣的呆瓜——」

路易斯的身體朝著牆壁方向飛去。

「吧唄嚕咕呼嘎！」

就此捲起了一大片煙塵，激烈的撞擊聲響遍訓練場。

騎士見習生們與榭希兒不禁愣住，但是眾人的視線不是朝向路易斯被打飛的方向，而是他原本站立的場所。

而且，取代他站在該處的是——

「不准在我面前羞辱姊姊，你這傢伙瞧不起人嗎？」

將踢出去的腿放下，人稱「公爵家之恥」的少年。

艾爾文是魔法士。

大概是繼承了魔法士團前副團長的母親血統，他具有冰屬性魔法的才能。

但是艾爾文和榭希兒不同。榭希兒只靠著純粹的努力得到不讓家世蒙羞的實力，艾爾文則是靠著純粹的血統。

父親是王國騎士團的現任團長，艾爾文漂亮地繼承他的才能。繼承才能是非常罕見的事。

雖說是遺傳，但是父親本人的才能影響了兒子，這種事既不科學又欠缺根據。即使如此，艾爾文這名少年卻奇蹟似的繼承了父母雙方的才能。

「公爵家之恥」或是「無能」之類的字眼不適合他。

在歷代的阿斯塔列亞公爵家，他恐怕也是最具實力的男人吧。

——騎士團的人們目擊了他的這一面。

在場的學園直屬騎士團成員中，最有實力的是副團長榭希兒。

雖說是養女卻是無從挑剔的家業繼承人。榭希兒是因為這樣而獲選為副團長，但路易斯也處於同樣的立場，具有相當的實力。

艾爾文只用一腳就把這樣的他踢飛。

而且快到連路易斯自己與旁人都來不及反應。

「呼……」

艾爾文獨自承受著周圍的視線。

他輕輕嘆了口氣，向眾人這麼說——

「怎……怎麼回事？那個帥哥突然被炸飛了？」

「小艾，姊姊我認為這樣太牽強了。」

艾爾文假惺惺地試著蒙混，而被榭希兒賞了白眼。

但那也只是一下子的事。她立刻露出花朵綻放般的笑容，用力抱住艾爾文。

「不愧是小艾！明明路易斯同學就很強，卻一下把他擊倒了！這是連觀眾都會目瞪口呆的場面喔！」

「所以說剛才是那個男的突然被炸飛……慢著，姊姊妳不要在眾目睽睽之下抱我啦！超軟的而且有點開心又不好意思！」

「你剛才是為了姊姊才生氣的吧？唔呼呼～姊姊我到了這個年紀，終於享受到公主大人的待遇了！」

「來人啊～！可以幫忙在這個人腦中的花田噴除草劑嗎～～！讓她知道家人之中沒有白馬王子的現實，讓她好好聽別人說話吧～！」

狀況一團亂。榭希兒營造出粉紅愛心的氛圍抱住弟弟，艾爾文意外地欲拒還迎。

……總之，令人火大。

雖然令人火大，卻也真的覺得很厲害。

因此，周圍的騎士見習生們一齊給予讚賞。

「很厲害嘛，醜八怪！」

「抱歉剛才說你是公爵家之恥，人渣！」

「不愧是擁有被副團長稱讚的實力耶，垃圾！」

「姊姊放開我！我必須立刻讓這些傢伙體認到實力的差距，還有家世的恐怖與現實！」

不小心展現實力的事已經不重要了。

為了這些出言稱讚的騎士見習生們，必須用肉體再次展現實力！

「所以小艾，恭喜你！畢竟大家都這麼稱讚，這樣就漂亮加入騎士團的行列了——」

「嗚哇～！身體好冰！」

「這傢伙原來是魔法士嗎？」

「可是如果在這時候打倒公爵家之恥，副團長就是從詛咒當中解放的白雪公主！」

「和副團長的婚姻是屬於我們的！」

「「放馬過來啊——！」」

「你們要是做得到就試試看啊！由我來讓你們這些傢伙學會什麼叫做敬意與威嚴與現實啦——！」

「真是的，小艾你聽我說啦！」

騎士見習生的人們需要適可而止，不過艾爾文自己也是半斤八兩。
榭希兒鼓起臉頰時，騎士見習生們和艾爾文正展開激戰。
艾爾文已經沒有要隱藏實力的意思了。應該說既然展現過一次就豁出去了。
雖然習慣在背地裡被說壞話，但是像這樣光明正大被瞧不起就會火大。在事後的訪問這麼說的艾爾文，開始教訓這些襲擊而來的騎士見習生們。
「……總之不管怎麼說，看起來可以和睦相處就好。」
榭希兒覺得有點寂寞，鬧彆扭般踢開腳邊的小石頭。
話雖如此，不過這種狀況也在幾十分鐘後結束了。
終於學習到上下關係的騎士見習生們，在艾爾文面前跪坐。
「你們幾個，既然被發現就沒辦法了，不過今後要是把我的實力告訴別人，我就會一直把你們的臉打到腫成豬頭，不然就是剝光衣服做成冰雕。明白了吧？」
「「「「是，艾爾文先生！」」」」
「姊姊我雖然會嫉妒，不過看來各位願意成為朋友真是太好了～！」
榭希兒看著成為朋友的艾爾文等人露出笑容。
「不過這是因為這裡的人們是怪胎……躺在那邊的帥哥應該是正常人吧？」
「哎呀～……還躺著耶。」

「可以不用叫他起來嗎？」

「感覺他起來之後又會說小艾的壞話，所以我不要。」

艾爾文踢飛的男性還沒有起身的徵兆。

即使如此，榭希兒也沒去叫他起來，大概是因為心裡對他的好感很低吧。

「呵呵，可是姊姊我很開心喔～！騎士團的大家認同小艾了！姊姊非常引以為傲！」

「但我不會加入。」

「為什麼？」

「我才不要，我是覺得訓練很麻煩的那種人，而且我想回家睡覺。」

艾爾文確實不討厭這裡的人們。

雖說習慣在背地裡被說壞話，若問這樣是否愉快就很難說。

那就正經一點吧？或許有人會這麼說，但這是兩回事。墮落的生活比較迷人。

這裡的人們老實又直率。這邊比較理想。

不過，如果代價是浪費時間以及實力傳開的危險性，那就要搖頭拒絕了。

在跪坐的騎士團見習生男性們的注視之下，艾爾文以手勢向榭希兒打叉。

「咦～！不要不要，小艾居然不加入騎士團，我不要啦！」

「就算這麼說，我的意志也如鋼鐵一般堅固。」

榭希兒不悅地鼓起臉頰。
然後她深深嘆了口氣，不情不願般將手放在艾爾文的肩膀。
「不得已了……姊姊我也只有這一招不想使用……」
「呃，喔……？要來嗎，來這招嗎？又要拿那種造成家庭破碎的生命危險威脅我嗎？話說在前頭，只有這招我絕對——」
「我要去向父親他們告狀。」
「從今天開始受各位照顧了。」
艾爾文立刻回答。
「所以各位，小艾入學之後要多多關照喔～～！」
「請多指教，艾爾文先生！」
「實力高強的男人都非常歡迎！」
「一起感受地獄吧！」
「可惡……這麼熱烈的歡迎令我熱淚盈眶！」
要是被父母知道，不知道會發生什麼事。
被迫決定加入騎士團的艾爾文雙眼泛淚。

「不過艾爾文先生，你為什麼這麼不想加入？」
「沒有啦，我就只是喜歡懶散的生活……」
「可是加入我們之後就能遇見可愛的女生耶？」
「…………………………………………………………………………………喔喔？」
「小艾，姊姊我晚點有話跟你說。」

◆◆◆

「唉……已經可以了吧？我要回去了。」
「咦？現在沒有馬車，你要走回家嗎？」
「咦？」
「咦？」
經過這段對話之後。
即將開始上課的榭希兒他們便進入校舍。
艾爾文被留在了原地。不是學生的他終究不可能上課。
如果動用公爵家的身分並非不能強行這麼做，但被問到是否這麼想上課的話就會搖頭。

就算這麼說，走路回家也太遠了，所以不知如何是好。

哪有人會自願走這段單趟徒步數小時的路程？有戀弟情結的姊姊在各方面害得艾爾文累到沒這種氣力。

因此，艾爾文逼不得已地打算在校內的庭園打發時間。

「……這裡應該可以吧。」

軟綿綿的草地，樹梢適度灑落陽光的一棵樹下。

在這裡睡覺應該很舒服。畢竟早上的回籠覺被妨礙，而且看起來沒人會經過這地方，或許剛好可以用來打發時間。

艾爾文躺了下來。

舒適的微風撫過肌膚，光是躺著就有睡意來襲。

「呵啊……到了日落的時候，姊姊應該會來找我吧。」

無論到哪裡都只會依賴別人。

話雖如此，但是艾爾文不認為那個姊姊會扔下他不管。

距離回程的馬車前來還有時間。比起自己一個人擅自回家應該好得多吧。

艾爾文思考著這種事，意識逐漸沉入淺眠的夢鄉——說來意外得早，他下次醒來是兩小時後的事。

「……唔啊？」

揉著眼皮慢慢睜開眼睛。

戶外還很明亮。太陽看起來沒下山，位置也沒有極端的變化。

不過，隱約覺得比剛才入睡的時候吵雜。大概是學園的學生下課了，或是要移動到別間教室吧。

是因為這樣才醒的嗎？身為回籠覺慣犯的艾爾文對於自己的睡眠這麼淺略感疑問。

這時候——

「哎呀，醒了嗎？」

頭上忽然傳來了聲音。

這麼說來，頭部從剛才就隱約感受到有種柔軟的觸感。

好奇的艾爾文確實地張開沉重的眼皮，將視線移到頭部上方。

眼前是一名臉蛋美麗又純真，以鮮紅色雙眼看向這裡的少女。紅髮在微風中飄揚，視線不由得被她吸引。

是誰？艾爾文並未冒出這個疑問。

因為——

「……妳為什麼在這裡？」

「當然是因為我也就讀這所學園吧？」

「……情報販子也會就讀學園啊。」

蕾拉．卡瑪因。

她是經常關照艾爾文的情報販子……會告知公爵家的狀態或是危險因子的存在，也是當時提供盜賊團藏身處的主使者。

艾爾文和蕾拉的交情意外得長。

從艾爾文十歲之後來往至今吧？這是經過一個小事件而誕生的關係。

偶然……是的，從艾爾文偶然救了蕾拉之後開始打交道。

而且這名女孩曾經是唯一知道艾爾文實力的人。

「雖說是情報販子，但我只是把收集到的情報提供出去，並沒有拿來做生意啊？」

「但妳不是有收我的錢嗎？」

「那是因為你說『拿免費的不好意思』吧？可以不要把我說得像是拜金女嗎？」

「抱歉抱歉，這麼說來是這樣沒錯。」

所以說……

艾爾文詢問蕾拉一個他在意的問題。

「這是什麼狀況？美少女的大腿枕要付多少錢？」

「當成特別服務算你免費吧。因為是我發現你之後擅自這麼做的。」
「感謝招待。」
「嘻嘻，不用客氣。」
蕾拉輕聲高雅一笑。
看著這樣的她，艾爾文慢半拍地心想「原來蕾拉是貴族耶」。
兩人的交情姑且是從順其自然認識的關係開始，所以艾爾文沒問她的身分。
不過，既然像這樣就讀許多貴族集結的學園，應該就是這麼回事吧。
「你為什麼在這裡？我以為你還要一段時間才會入學……」
「我的實力被姊姊發現了。」
「也就是說，她想炫耀弟弟所以硬是帶你來了？」
「妳還是這麼善解人意。甚至想請妳分一點給姊姊。」
「榭希兒大人的事情經常在學園成為話題。那麼喜歡弟弟的貴族千金很少見。何況她在上次的全校集會還說了那種話。」
怎麼回事，感覺更不想就讀學園了。
艾爾文畏縮的心態變得強烈。
「所以你要怎麼做？再睡一下嗎？」

「嗯？我是這麼打算的……」

「那麼在你醒來之前，我就這樣陪著你吧。」

「不去上課沒關係嗎？莫非蕾拉出乎意料和我一樣是蹺課魔人？」

「不是這樣喔。我平常都會好好上課。」

只不過……

蕾拉露出惡作劇般的笑容。

「讓你躺大腿的機會難能可貴。難得有這個機會，我想欣賞你的睡臉享受一下。」

「……妳的興趣真怪。」

哎，算了。反正被看見也不會少塊肉，如此心想的艾爾文立刻再度閉上眼睛。

即將再度回到朦朧夢鄉的時候——

「祝好夢，艾爾文。」

這樣的聲音傳入耳中。

◆◆◆

雖然理所當然，不過第二次的回籠覺比第一次來得淺。

因此，即使是難得獲得舒適枕頭想要墮落下去的艾爾文，也很快就醒來了。

「嘻嘻，你的睡臉……很可愛喔。」

「天啊，事後回想起來就覺得超害羞的！」

雖說經常被自家人注視，不過被別人看見睡臉是很害羞的事。事到如今才想起這件事的艾爾文臉紅了。

——艾爾文現正走在蕾拉身旁探索校舍內部。

原因是既然都來了，參觀一下學園應該比較好。

艾爾文原本想要離開學園在王都玩，不過見到親密的好友卻跑去其他地方終究很失禮，他基於這份心理抗拒玩心，接受這個提案。

話是這麼說，但他對此也沒什麼興趣，所以就只是正常地邊走邊聊。

「這麼說來，蕾拉妳是幾年級？」

「看起來是幾年級？」

「……可以不要回以這種像是試探男生的問題嗎？我早就知道選項只有高年級了。」

「正確答案是二年級♪」

「……蕾拉，我猜妳沒進行過正常的問答吧？」

到底是想讓我回答還是不想讓我回答？

艾爾文希望她可以說清楚。

「用不著說得這麼冷淡吧。明明好不容易久違重逢了。」

「哈哈～看來妳的記憶力也有缺陷吧？明明前天才因為盜賊那件事見過面，妳這樣缺乏鈣質喔寶貝——」

就在這個時候，響起了「啵嘎」的聲音。像是肩膀脫臼的聲音傳入耳中。

「……總覺得我的肩關節以無法反應的速度漂亮地分離到可憐的程度。」

「因為你對少女說了沒禮貌的話。」

「我身邊就沒有正常的少女嗎……！」

艾爾文瞪著凶手蕾拉，將分離的肩關節裝回去。

這種熟練的感覺反映著他的脫臼頻率。

而且以眼睛看不見的速度卸下肩關節的蕾拉，也確實展現了自己老到的經驗。

「總之，今後就算不願意也會見面，今天就差不多先放你一馬吧。下次開始不可以對淑女說這種沒禮貌的話喔？」

「嗯？啊啊，在學園就見得到了。」

確實，既然就讀同一所學園，就算不願意也會見面吧。

之前當成情報提供者來往的時候，必須在收到通知之後特地前去會合的場所，所以沒收到通知就不會見面。

「這也是原因之一……別看我這樣，我也隸屬於騎士團喔。」

「啊，原來如此。」

「原來如此？」

「騎士團裡的傢伙們說過一句話。」

加入騎士團就能遇見可愛的女生。

接受委託時遇見的女生都很可愛——艾爾文一直以為他們是基於這個原因才說這種話，沒想到是在說騎士團成員就有可愛的女生。

所以才會說出那種話嗎？艾爾文理解了。

「難道說，除了蕾拉還有別的女生嗎？」

怎麼回事，稍微冒出幹勁了。

大概是因為身為公爵家之恥而在社交界被千金們敬而遠之，所以艾爾文和女生幾乎沒有交集。

要是聽到有可愛的女生，難免會感興趣。

比起接受委託時的邂逅，隸屬於相同組織的同伴比較常見面，養眼機會也比較多，艾爾文個人對此感到開心。

「有是有啦……」
「喔喔！」
「不過是你的姊姊啊。」
「嘖。」
艾爾文的幹勁一口氣降低了。
「這也沒辦法吧。騎士本來就像是男性專屬的職業，榭希兒大人或是我這樣的貴族千金成為騎士才稀奇。其實還有一人，但那個人不是想追就追得到。」
「……我變得憂鬱了。在充滿陽剛味的男人之中綻放的花朵居然是玫瑰。」
「哎呀，你在稱讚我嗎？」
我承認很可愛，但是有帶刺。
艾爾文剛才的發言來自這個想法，不過要是繼續說下去就必須再度接回肩關節，所以他閉上了嘴。
雖然是無須多說的美少女，不過只要是認識的人，期待程度無論如何都會下降。這是艾爾文的真心話。
「姊姊那邊我可以理解，但是蕾拉妳為什麼也加入了騎士團？要找結婚對象？」
「我可不是想要那種理想中的後宮。我家只是單純的騎士家系。話說在前頭，爵位是子爵。」

「是喔～」

「而且——」

蕾拉稍微靠到艾爾文身邊。

然後在他耳邊輕聲地說：

「我有一個想要長相廝守的對象。」

聽到這句話後，艾爾文的表情變得嚴肅。

蕾拉為什麼在我耳邊這麼說？不只如此，為什麼臉頰還微微泛紅……艾爾文知道原因。

正因如此，所以艾爾文雙手搭在蕾拉的肩膀，筆直注視她鮮紅色的眼眸。

「慢著，咦……？」

「這樣啊，原來是這麼一回事啊。」

「這……這麼一回事是指……？」

「至今我都沒能察覺，對不起……」

為什麼突然搭著我的肩膀？

不過更重要的是，艾爾文似乎察覺某件事了，蕾拉不禁感到困惑。

「妳好不容易鼓起勇氣對我說了。」

「……唔！」
「既然這樣，我也認真回應吧。」
然後——
「我會全力支持妳和那個人的戀情噗吧啦！」
臉頰被狠狠甩了一個耳光。
「好痛！雖然爸媽也有打過我，可是真的很痛！」
「你要不要再說一次看看？」
「為什麼？我想為總是照顧我的蕾拉盡一點心力噗吧啦！」
第二記耳光的清脆聲響傳遍周圍。
或許有人會覺得居然敢對公爵家的兒子做這種事，不過艾爾文原本就在各方面把蕾拉當成普通的女生對待。
這是交情很好的證據吧。不過只有現在，這種態度令蕾拉恨得牙癢癢的。
「唉……反正你遲鈍也不是現在才開始的，何況在家世方面也會有各種問題，所以就這樣原諒你吧。」
「……謝謝。面對公爵家的人，妳居然敢毫不留情地一巴掌打下去，我很想給個讚賞但還是謝謝妳。」

連原因都不知道的遲鈍艾爾文撫摸著臉頰道謝。

踐踏少女心只接受這種懲罰算是很輕了吧。

——此時，整間校舍忽然傳來像是敲鐘的聲音。

「哎呀，看來上完課了。」

「說……說得也是……那麼，我差不多該告辭了。公爵家之恥出現在這裡可能會造成騷動，應該說我可能會覺得無地自容。」

「但我覺得你不是會在意這種事的類型啊？」

「只有我的話是這樣沒錯，不過現在還有妳在，我可不能讓妳留下不舒服的回憶。」

明明不用在意也沒關係的……

如此心想的蕾拉鼓起臉頰。

不過大概是這份小小的溫柔很窩心吧，她稍微揚起嘴角。

「就是這樣，所以我就此告辭——」

艾爾文正要這麼說的瞬間，忽然有人拍了他的肩膀。

到底是誰？難得有人會向我搭話……如此心想的艾爾文轉過身去。

順帶一提，關於這時候發生的事，艾爾文後來是這麼說的——

「欸，小艾……你為什麼和我以外的女生在一起……？」

當時我面前站著一名雙眼黯淡無光的少女。沒錯，正是非常恐怖的姊姊。

「哈哈哈～！真巧耶姊姊居然在這種地方剛好遇見妳後會有期！」

艾爾文以堪稱反射動作的速度從走廊……更正，從窗戶跳出去匆忙離開現場。

這裡是校舍三樓。他甚至不在意這種事。

不過，這個人也同樣不在意這種事。

「哼！你逃不掉的！」

出現在背後的姊姊也像是緊跟在後般跳窗而出。

看見這個異常的光景，上完課而出現的學生們表現出議論紛紛的驚慌模樣。

另一方面，熟識艾爾文的蕾拉則是——

「這是在做什麼啊……」

不由得將手按在額頭上。

順帶一提，後來校內傳出「公爵家千金失心瘋從窗戶跳下」的傳聞就又是另一回事了。

學園入學

時光不知不覺飛逝，轉眼間就過了一個月。

一個月後的現在是艾爾文終於要就讀學園的時期。

迎來這一天的公爵家從早上就忙碌不已。

艾爾文的入學準備包括和以往時段不同的餐點，以及叫醒睡昏頭的少爺送他出門等等。

但準備工作不難。只要傭人們代替丟臉的主人在清晨起床就好。

然而，要叫醒自甘墮落的少爺才是難如登天。

畢竟對方是公爵家的兒子，即使被說是恥辱也面不改色地大方接受的少年。

睡回籠覺是理所當然，要是貿然叫他起床惹他生氣，自己的項上人頭可能不保。

在這個時候，備受大家信賴的養女姊姊向傭人們提出一個點子。

其實有這種方法——

「唔嗯……」

艾爾文的眼皮慢慢張開。這是第二次清醒。

今天真是清爽的早晨。雖然有入學典禮這件麻煩事，只要落跑就是一如往常的早晨。

襲向眼皮的陽光、陌生的天花板、持續變化的景色、從剛才開始就感受到堅硬觸感的背部，以及頻頻搖晃的視野。

好啦，今天也和往常——

「啥？」

——相差甚遠的這個現狀，使得艾爾文不禁起身。

「啊，小艾早安！」

旁邊忽然傳來平常熟悉的聲音。

姊姊又鑽進了我的被窩嗎？艾爾文原本這麼想著，但卻不是這樣。

映入視野的榭希兒穿著學生服，掛著柔和又像是開心的笑容坐在正對面的座位。

「怎麼回事？清爽早晨的一幕到底發生了什麼事？」

話雖如此，不過這份吃驚也立刻得到了解答。

目前所在的空間和不久之前搭乘的馬車一樣。換句話說，現在的情況應該是自己位於馬車裡——但床單、枕頭與睡衣維持不變。

「小艾，要冷靜喔。一大早就這麼大聲說話會造成旁人困擾。和鄰居的來往是非常重要的事。」

「不過這裡是馬車，妳說的鄰居沒幾分鐘就看不見了！不提這個了，要是突然在馬車上醒來，正常來說都會嚇一跳吧？正常來說會以為是讓人睡意全消的綁架吧！」

「好了好了，小艾，這麼做有著很深的苦衷喔。」

榭希兒站起身，為了讓大呼小叫的艾爾文冷靜下來而溫柔地摸了他的頭。

「和你來往這麼久的姊姊我啊，覺得你很可能會因為睡回籠覺，而不去參加非常重要的入學典禮。」

「這妳沒說錯。」

「這樣是不行的。公爵家的人在入學典禮當天遲到是會讓家長顏面掃地的行為。」

「哎，是沒錯啦……」

聽到「家長」這個關鍵字的艾爾文有點結巴。

滿心想要蹺課的這件事是事實所以不否認，但被姊姊這樣規勸，內心就會湧出罪惡感。

再怎麼想度過墮落的生活，過於造成旁人的困擾也不太好吧。

「所以姊姊我想到了——」

所以只在這個時候，將姊姊溫柔規勸的話語好好聽進去吧。

艾爾文一邊反省，一邊看著榭希兒的臉專注聆聽。

「只要把你連同床單搬上馬車就不會遲到了。」

「真是隨便又沒頭沒腦的點子！正常叫我起來再說服還比較簡單，姊姊連這個方法都想不到嗎？」

雖說是自作自受，艾爾文還是覺得應該有一些不同的方法。

「不過，實際上這樣就不會遲到吧？」

「落得必須穿睡衣參加畢業典禮的弟弟以及『遲到』這個關鍵詞放在天秤的兩端，妳想想哪一邊會比較嚴重！」

雖說一樣是恥辱，不過哪種恥辱比較不會造成傷害，這種事明明稍微思考就能立刻明白，她卻好像沒思考得這麼深入。

不過，這位學年首席似乎有好好顧慮到之後的事——

「小艾，你放心！為了避免變成這樣，我有好好把你的制服拿來了！」

如此說道的榭希兒從座位下方取出全新的制服。

艾爾文見狀鬆了一口氣。

「就……就算是姊姊也至少有顧慮到要怎麼善後嗎……」

「這是小艾的風光舞台啊？以為姊姊我會犯下這種疏失嗎？呼呼！」

「妳的戀弟情結這次幫了大忙。謝謝。」

艾爾文道謝之後，從榭希兒手上接過學生服。

然後他脫掉睡衣的上衣，榭希兒朝他的睡褲伸出手——

「……喂喂喂，我的好姊姊請等一下。」

「……我的好弟弟，怎麼了嗎？」

——的這一瞬間，艾爾文在最後關頭抓住了榭希兒的手。

「方便請教妳現在要做什麼嗎？」

「……我認為確認弟弟的成長也是姊姊的職責。」

「我可不這麼認為！妳只是想看吧！想知道弟弟的成長看身高就夠了，這個變態！」

艾爾文一秒就理解到姊姊只是想看某個部位。

長年以來身邊有這個溺愛配件的弟弟可不是白當的。

「不過，雖然要說是代價也不太對……但是姊姊我的成長也可以讓你記錄哦？」

「……不，不不不。」

「小艾，你其實沒有意識到姊姊我是異性嗎？我總覺得收到這個好消息了。」

「這……這是妳多心了，沒錯！所以妳的手快點放開我的褲子啦！」

馬車裡傳出熱鬧的聲音，據說這時候的馬車夫會心一笑。

題外話，後來艾爾文好不容易在保住貞操並拒絕被記錄成長的狀態成功換好衣服。
「啊，今天下課後要來訓練所喔！我要和入團志願者一起舉辦見面會和弟弟炫耀會！」
「後者的聚會絕對只有姊姊一個人參加吧……！」

◆◆◆

話說多虧榭希兒，艾爾文別說是遲到，甚至還太早抵達學園了。
找點事情打發時間吧……雖然他如此心想，不過這個時間做什麼都不上不下，明明難得早到卻因為到處亂晃而遲到也不太好，思考到最後，艾爾文不得已決定在講堂等待。
入學典禮好像是在講堂舉行。
座位並沒有預先決定，而是各自坐自己喜歡的座位。
聽過這個說明的艾爾文不得已坐在了講堂角落的位置。
閉上眼睛，做好隨時都能睡著的準備。
不久之後身穿全新制服，看起來像是新生的學生們陸續來到講堂。
「欸，那邊的人是不是公爵家之恥？」
「唔哇，真的耶。我一直以為他會遲到或是偷懶不參加。」

「啊，我不想坐那裡。」
然而即使人數增加，也感覺不到有人坐在艾爾文的周圍。
校方大概準備了充分的座位吧。多虧這樣，艾爾文的周圍產生了漂亮的空白地帶。
（交得到一百名朋友嗎……慢著，是誰想出這種歌的？當然不可能吧？）
這就是不只沒朋友，在社交界也嫌麻煩不露面的男人末路。
雖然至今都沒放在心上，不過這麼明顯地被眾人迴避又被說閒話，內心實在是受不了。
好歹也是公爵家的人，所以在學園這種場所，明明肯定會有人來攀談才對。
即使如此心想，但現實是何其悲哀。沒有任何人過來。
艾爾文冒出悲傷的淚水時，旁邊忽然有人影靠了過來。
「請……請問……可以坐您旁邊嗎？」
少女戰戰兢兢地發問。
她那明亮的金髮與嬌憐可愛的臉蛋稍微引人注目。在嬌小身軀的陪襯之下，感覺會激發內心某處的保護慾。
艾爾文嚇了一跳。原本以為不會有任何人接近，沒想到居然有一名這麼勇敢的年輕人。
「小姐……妳人真好。」
「咦？您……您為什麼在哭？」

艾爾文這輩子第一次流下喜極而泣的淚水。
「可是，為什麼只有這裡大家都不坐呢？我覺得這樣像是在迴避您，所以內心有種悶悶的感覺！」
「咦，妳不是知道我的事才過來坐的嗎？」
「啊嗚……不好意思，我不太熟悉貴族大人們的名字。」
所以是平民嗎？艾爾文看著愧疚消沉的少女如此心想。
別看我這樣，我明明是相當有名的類型才對……現在這樣也令他的心情有點複雜。
總之，艾爾文輕拍身旁的座位催促少女坐下。
「抱歉還沒自我介紹，我的名字是蘇菲雅！」
「啊，我是艾爾文．阿斯塔列亞。請多指教。」
「……果然是貴族大人嗎？」
大概是聽艾爾文自報家名而理解到是貴族吧。
坐下的蘇菲雅稍微改變一開始的態度，露出畏縮的模樣。
「啊～不必太在意我是貴族，正常相處就好。畢竟我不太喜歡別人畢恭畢敬。」
「是……是這樣嗎？」
「嗯，我反倒比較習慣被罵。」

「……你……你這隻小豬！」

「但我可不是希望妳罵我啊！」

真是極端又率直的孩子……艾爾文才認識她幾十秒就了解到這一點。

「不過太好了……第一個交談的對象是像艾爾文先生這樣溫柔的人。因為我果然還是會擔心自己能不能融入。」

「我並不溫柔啊。看現在這個狀況就知道，我是在敬而遠之這方面很出名的人。」

「可是，您願意像這樣親切的和我這個平民說話。」

蘇菲雅露出開心的笑容。

也因為這樣，艾爾文不禁心跳加速。

「因為如果真的是不溫柔的人，遇到平民坐在旁邊的瞬間肯定就會抱怨。」

在好壞兩方面自尊心很強的貴族不在少數。

我是高貴的人，和你們這些傢伙不一樣。貴族傾向於像這樣瞧不起平民。

單純是榭希兒以及上次遇見的騎士團成員比較奇怪，只從統計數字來看，貴族之中具有這種觀念的人占了半數以上。

平民進入許多貴族集結的這所學園，會感到不安也是在所難免吧。

「……結果不都是人類嗎？」

「啊？」

「只是身世不一樣，種族是一樣的吧？我不懂為什麼會有這種歧視觀念。而且……」

艾爾文托著下巴，理所當然般這麼說。

「我們貴族能夠過著富裕的生活，也是多虧領民的稅金。保護這些人是我們的職責，我們卻瞧不起這些人，我覺得這種事很奇怪。因為相互扶持的關係應該沒有地位階級可言。」

說出這段話的瞬間，兩人之間出現短暫的寂靜。

我說了什麼不像樣的奇怪話語嗎？不經意這麼想的艾爾文俏皮地聳了聳肩。

「總之多虧這樣，我才能過著懶散舒適的墮落生活——」

「……好溫柔。」

「咦？」

「我還是覺得艾爾文先生很溫柔！」

蘇菲雅朝著吃驚的艾爾文投以溫柔的笑容。

不僅柔和，也像是有點害羞……這樣的笑容。

隱約感覺有點像是姊姊。

「……妳大概也算是個怪人耶。」

「嘻嘻，那麼同樣是怪人的您如果願意和我交朋友，我會很高興的。」

艾爾文像是要敷衍般撇過頭去，而蘇菲雅對此依然掛著會心一笑的表情。

在這之後，二年級與三年級的學生陸續來到講堂。

畢竟是新生，所以果然被安排在了顯眼的場所。艾爾文他們坐在靠前面的位置。

因此，如果想知道後方的學生是什麼狀況，必須轉身向後看才知道。

——入學典禮順利進行。

從學園的校長致詞開始，再來是簡短的說明會以及新生代表致詞，這些程序令艾爾文的眼皮變得沉重。

「艾爾文先生，不可以睡喔。如果沒有好好聽別人說話就是『不乖！』喔。」

「因為，說的都是讓人眼皮變重的內容……啊，我可以躺妳的大腿嗎？」

「呼咪？」

一年級座位的角落展開這樣的對話。

大概是因為說得很小聲，所以目前還沒有「這些傢伙是怎樣……」的白眼集中過來。

如果周圍坐著別人，應該不會給兩人好眼色看，所以現狀是因為艾爾文討人厭而建功。

「接下來由在校生代表——榭希兒・阿斯塔列亞同學致詞祝賀新生。」

然後廣播終於提到這個熟悉的名字。

艾爾文的表情一下子變得險惡。

「突然怎麼了嗎？您的背脊一下子打得筆直耶？」

「沒有啦……我只是在提防那個笨姊姊會說出什麼話。」

「那位是艾爾文先生的姊姊啊。」

蘇菲雅發出「哇～」的一聲看著走上講台的少女。

威風凜凜的站姿。明明只是在走路，目光卻忍不住被她吸引。

不過，雖說是姊弟卻不太像耶……這是蘇菲雅率直的感想。

站上講台的榭希兒身影，像是包含領袖氣質將「憧憬」濃縮而成。

反觀艾爾文，像是在看似慵懶的同時將「親切」濃縮而成。

兩人散發相似卻有點不一樣的氣息，使得蘇菲雅感到納悶。

榭希兒站在大家從剛才就在使用的擴音器前面，維持著醞釀氣質與英氣的言行舉止，開口這麼說——

「呀呼～！小艾，有看到嗎～？」

啊，果然有點像。

蘇菲雅率直地這麼想。

「咦，小艾你在哪裡～？』
「天啊，家裡的醜態要在公眾面前擴散了！」
艾爾文在蘇菲雅身邊掩面裝出快要哭出來的模樣。
新生們在困惑的同時，將視線朝向傳說中的無能。這大概是在傳暗號給榭希兒吧……她的眼神變得閃亮，用力朝著艾爾文揮手。
「小艾！姊姊很帥氣吧！別看我這樣，我可是首席喔，嗯哼！」
「可以請那個笨姊姊閉嘴嗎……！」
「啊哈哈……您的姊姊真有趣耶。」
在這種場所被叫到名字而受到眾人注目，難免會感到不好意思吧。
蘇菲雅在這一瞬間首度同情起艾爾文。
「請認真致詞。」
「啊，好的……對不起。」
被司儀警告的榭希兒消沉地低頭。
領袖氣質、英氣與威嚴都已經蕩然無存。
即使如此，她也是代表在校生的首席——接下來的話語流利又正經。
「各位新生，首先很高興你們……來到我們的學園。我代表在校生歡迎各位。」

榭希兒終於開始致詞，教師與司儀鬆了口氣。

在校生大概是習慣了，僅止於苦笑以及些許的嘈雜，新生們那邊依然困惑地吵鬧著。

為什麼那個公爵家之恥受到溺愛？榭希兒大人是那樣的人嗎？原來傳聞是真的嗎？

雖然出現各式各樣的聲音，但與這些嘈雜聲相反，榭希兒繼續說了下去。

「從今以後，各位新生將會在學園遭遇許多苦難吧。這裡是名為學園的框架，也算是出社會之前的訓練所。設備、授課、環境，各方面的充實程度是各位至今沒有的體驗，會以看得見的形式成為艱苦又嚴苛的挑戰。」

「太好了……一時之間還擔心會怎麼樣，不過能看見這麼像樣的姊姊，我這個弟弟感覺好欣慰。」

「嘻嘻，我覺得她是一位有趣的人喔。」

「拜託就這樣……就這樣繼續保持正常吧！」

艾爾文懷著和其他新生不同的心情誠摯聆聽。

「不過，這個環境真的會帶給各位的將來莫大的貢獻吧。並非只有痛苦。包括快樂的事、值得開心的事，這個場所會平等賦予這一切的報償，一定會讓各位自身有所成長。如同各位自身成長至今，這個場所肯定也會賦予足以讓周圍認同各位的價值。」

然後——

「話說小艾也練出和以前沒得比的肌肉了。」
「放開我！我必須立刻去封住那個呆子的嘴！」
「現……現在還在致詞啦！」
正要起身的艾爾文被蘇菲雅抓住制止的景象誕生了。
「以前一起洗澡的時候，明明是那麼嬌小又可愛……」
「艾爾文先生，請冷靜下來！您拿出的那把刀子是用來切水果的，不是用來切自己的脖子！」
「蘇菲雅，放手！黑歷史在公眾面前曝光，我沒自信活下去了！」
「啊，現在我弟弟也還是非常可愛！而且小艾真的很厲害喔？其實小艾居然比我還要強，哼哼！」
「那麼至少……那麼至少讓我將這把刀子射向那個自家人之恥吧！」
「艾爾文先生，您的手……請放下高舉的手臂吧很危險的！」
——結果，在校生代表的致詞也在混亂中順利結束。
艾爾文．阿斯塔列亞這個名字在入學典禮早早就傳遍校園。

◆◆◆

「我說啊，榭希兒大人剛才提到的那件事……」

「不會啦，肯定不會。那個公爵家之恥怎麼可能比榭希兒大人還強。」

「肯定是為了鼓舞可憐的弟弟才那麼說的啦。話說居然和他同班，真倒楣——」

這些壞話從教室傳入耳中。

而且是當事人聽得到的音量，所以更加惡質。

不過老實說，艾爾文不在乎周圍對他是怎麼想的。反倒是維持現狀的話，即使他過著墮落的生活，周圍也會對他死心。

可惜這使得周圍學生們的壞話格外變本加厲，認為對方雖然是公爵家的人，既然不會反擊就沒什麼好怕的。

話是這麼說，卻依然有人討厭這樣的氣氛——

「我很高興可以和艾爾文先生同班……但我討厭這種氣氛！我去說他們幾句！」

入學典禮結束，榭希兒的溺愛散播得恰到好處的時候，艾爾文等人各自依照分班走向既定的教室。

看來現在是等待講師前來的短暫休息時間。

偶然和艾爾文同班的蘇菲雅在這時候鼓起臉頰，準備走向暗中說壞話的那群人。

艾爾文抓住她的手制止她。

「別這樣啦。」

「可是，那些人老是在說艾爾文先生的壞話！說別人的壞話很失禮！」

「這份溫柔令我感動，但妳要是這麼做會被盯上的。雖說在學園處於相同的環境，還是得考慮到平民的立場才行。」

聽到這段話，蘇菲雅發出「嗚」的可愛聲音後坐回座位。

「……艾爾文先生太溫柔了。」

「就我來看是蘇菲雅比較溫柔喔。」

「是……是這樣嗎……！」

大概是因為被稱讚，蘇菲雅害羞得臉紅了。

這個反應很可愛，艾爾文忍不住伸手按住眼角。

「您……您怎麼了……？」

「沒有啦，感覺好久沒有遇見正常的女生……！」

腦海浮現向弟弟求婚的姊姊，以及毫不留情卸下肩關節的情報販子。

好久沒遇見像這樣內心善良又不會影響人體的常識美少女了。

內心難免會忍不住感動吧。

「總之，我很高興妳這麼關心我，不過老實說，像這樣被暗中說壞話，對我來說比較方便行事。」

「你這個笨蛋！」

「聽好了，小姐，為了今後妳必須好好記住喔，我並不是喜歡被罵。」

他不希望可愛的女生說出這種話。

「話說回來，擔任講師的人……這麼晚都還沒來耶。」

蘇菲雅忽然這麼說。

確實，聚集在這裡後已經過了一段時間。

甚至不清楚接下來要做什麼，就像這樣被迫等待的話，無論如何都會產生疑問。

「反正應該是在睡午覺吧。」

「咦？現在還是早上啊？」

「不過是睡覺的時間吧？」

「……我覺得稍微能窺見艾爾文先生的生活作息了。」

如果姊姊沒來妨礙，那麼現在就是艾爾文的睡覺時間。

睡覺這個選項可不是基於開玩笑的意義才說出口的。

「只要等待的話遲早會來吧？終究不可能扔著新生不管——」

就在這個時候。

門發出「喀啦喀啦！」的聲音迅速開啟，接著出現一個人影。

「姊姊來了～～！」

不過，看來和講師不太一樣。

艾爾文立刻將腳踩在窗框上。

「好啦，蘇菲雅公主我們走吧！縱身跳出這個令人窒息的世界吧！」

「現在不是白馬王子出現的時間點啦！」

聽她這麼一說，現在確實不是戲劇化的場面，也沒有劇情進入高潮的氣氛或是美好結局的氛圍。

要說取而代之也不太對，班上被更嘈雜的聲音籠罩。

「為什麼榭希兒大人會來這裡……？」

「啊啊，還是一樣這麼美麗！」

「一次就好，我想和榭希兒大人說話看看！」

眾人對於艾爾文與榭希兒的反應果然是天壤之別。

即使基於戀弟情結採取奇怪的行動，除此之外的部分也很完美。學力、戰鬥力、容貌、家世……提到哪一點都是出類拔萃，是某些人崇拜的對象。

光是像這樣現身就引來尖叫歡呼與愛慕的視線，可見榭希兒多麼受到歡迎。
「啊～小艾你為什麼想逃走啦！」
「弟控給我滾！我正在盡情享受和可愛女生的對話！沒有自家人介入的餘地！」
「說……說我可愛……！」
「唔！花心……是花心嗎？姊姊我認為結婚前這麼做不太好！」
「不太好的不只是花心，還有妳的人際關係！」
即使承受周圍的崇拜視線，榭希兒眼裡依然只有弟弟一人。
開始擔心大家的夢想總有一天會幻滅了。
「請……請問……榭希兒大人為什麼會來這裡呢？」
被兩人對話嚇到的蘇菲雅戰戰兢兢地發問。
「關於這件事……擔任講師的人們好像會遲到，所以由我代為向各位說明學園各方面的事。首席我備受信賴所以很榮幸接下這份重責大任了！」
就是這麼回事。
艾爾文的姊姊依然掛著可愛的笑容，接著向全體學生如此宣布：
「基於上述原因，現在大家都到訓練場集合！我要讓你們知道小艾有多麼出色！」
因此，艾爾文確實地從窗戶跳下去離開現場了。

◆◆◆

為什麼需要展現艾爾文的實力給大家看？

其實只是想要炫耀。不知情的學生們，就這麼在崇拜的榭希兒帶領之下前往訓練場。

而且艾爾文也掛著憔悴的表情在訓練場角落露臉了。

「您……您乖乖來了啊……」

「我的制服口袋裡有一張寫著『姊姊的嘴好寂寞』的字條啊。要是無視這張紙條落跑，回家的時候不知道會對我做什麼……！」

「那個……是想要吃糖果之類的嗎？」

應該不是。

「不好意思，榭希兒大人！所以說，請問我們到底要怎麼做？」

一名學生舉手詢問榭希兒。

拿著木劍的榭希兒回答「問得好！」，臉上露出笑容。

「講師說想要知道各位在『武』這方面有多少實力，當成修改課程的參考。」

無論是魔法士志願者、騎士志願者還是其他志願者，在這所學園都會平等地開課教學。

會透過分組加深班級內外的交流，藉以學習專長領域以外的知識，不過當然也會因而產生某些弊害。

在擅長的領域會進步，在不擅長的領域會停滯。

簡單來說，不曾揮劍的人就算握劍也拿不出好成績，無法使用魔法的人沒能使出魔法。

但這裡是集結許多貴族的學園……掌握每人的技能以安排相應的課程就是學園的方針。

因此，一門課並不會只有一名講師，會配合學生安排數名適任的講師。

校方藉此讓學生們平等進步。歷史或經濟學這種室內課程當然另當別論。

「在各位之中，有人不會用劍也不會使用魔法嗎？」

榭希兒詢問眾人。

結果沒有任何人舉手。

即使將來要繼承家業還是成為文官，也需要具備自衛的方法。這方面可以說不愧是貴族吧。看來大家至少都確實學習過某些技能。

「那……那個！我雖然會使用魔法……」

就在這個時候，艾爾文身旁的蘇菲雅戰戰兢兢地舉手了。

「喔喲？那邊的妳難道是回復士（Healer）嗎？」

「回復士」是使用魔法治癒他人的人。

沒有直接戰鬥的能力，是專精後方支援的魔法士，在戰場上大多處於備受重視的立場。

「是……是的！」

「唔～……那麼，這次就不把妳算在內吧。因為回復士有點特殊。」

「姊姊，其實我也——」

「好啦，重振精神開始吧～！」

「姊姊，我什麼都做不到啦～～！」

無視於拚命舉手的某名學生，榭希兒繼續說下去。

「除了那個孩子，看來各位都有點本事，這是最好的！所以接下來為了確實完成姊姊我被託付的請求，現在要請各位各自展現實力給我看！」

不過……

榭希兒扠腰並聳了聳肩。

「每個人輪流展現實力給我看的話很花時間吧～大家也想在校內探險吧？而且住宿舍的人應該也想整理行李，所以我決定讓大家一起展現實力給我看！」

「難道說，我們的對手是榭希兒大人……？」

「錯了，不是喔！」

然後，榭希兒在眾人面前別過臉，露出笑容。

她的視線前方，能清楚看見最愛的弟弟身影——

「我要請各位認真對付小艾！」

就知道會這麼做。艾爾文淚流滿面。

「呃，那個……恕我直言，這終究太嚴苛了吧？」

「咦？為什麼？」

「我不認為那個公爵家之恥……更正，艾爾文大人能應付這麼多人。不只如此，要對付一個人都很嚴苛吧。如果是榭希兒大人應付我們就另當別論。」

「唔？小艾比我還要強喔～！因為他把姊姊我的劍打掉兩次！」

「姊姊！我也認為那位同學說得沒錯！」

「小艾你閉嘴！」

就算這麼說，大家也都露出「難以置信」的眼神。

這是當然的。時有耳聞的公爵家之恥不可能有任何本事。如同無能與墮落象徵的這種人，沒道理贏得了努力不懈的人。

因為當著榭希兒的面，所以眾人沒有出言數落，但是都朝著艾爾文投以嘲笑。

「大家都不肯相信……雖然其他人也是，但你們為什麼不肯相信呢？」

那是當然的吧？這是艾爾文的感想。

不過，擅長溺愛弟弟的榭希兒不是會在這種時候放棄的淑女。

消沉的表情立刻改變，伸手筆直指向艾爾文。

「既然這樣，如果你們有誰能夠打倒小艾……姊姊我就答應這個人的任何要求！」

「新的脅迫方式！」

艾爾文不禁脫口說出這種話。

但是無視於這樣的艾爾文……學生們發出的嘈雜聲混入異常興奮的心情。

「榭希兒大人會答應任何要求……」

「所以說，她也會願意和我訂婚嗎？」

「我一直想和榭希兒大人舉行一次茶會！」

榭希兒的這句話使得學生們的嘈雜聲更加強烈。

只要撇除戀弟情結的部分，學生們心目中對於榭希兒的各種評價都很高。

這樣的她說出「答應任何要求」，所以氣氛肯定會變得很熱烈。

「怎……怎怎怎怎怎怎怎怎怎麼辦，艾爾文先生？不知為何，大家的幹勁都變得好驚人……！」

「居然有這種犧牲自己的脅迫方式……！我太小看自家姊姊的執著了！」

這樣下去會產生「艾爾文ＶＳ全班同學」的景象。

對於不想展露實力的艾爾文來說是最壞的事態。

（冷……冷靜下來吧，十四歲的艾爾文·阿斯塔列亞大帥哥……但這並不是冷靜思考就能解決的狀況……）

要攻擊的話就儘管放馬過來吧。

艾爾文只要隨便被人打一下，並且就這麼假裝被打倒，這場以測定實力為名義的弟弟炫耀會就結束了。

不只如此，這個事態絕對不是只有壞處。

現在因為榭希兒的關係，「艾爾文其實超強」的傳聞不脛而走。

不知道這個傳聞會在何時以何種契機合在一起產生可信度。只要在這時候被打倒，打響「公爵家之恥果然無能」這個傳聞，這個狀態也會逐漸消失吧。

（雖然被打會很痛，但是考慮到今後就忍耐一下吧……）

這麼一來，最好選擇就算被打中也最不會痛的人。

艾爾文開始觀察血氣方剛的眾人。

「小艾，小艾。」

思考這種事的時候，榭希兒快步走到了艾爾文身邊。

「怎麼了，姊姊？」

「我總覺得你在想『為了今後就趕快隨便被人打一下吧』這種事。」

「啊哈哈～」

簡直是讀心超能力者了。

「放心吧，姊姊……我會拚命努力不讓姊姊答應任何要求！」

這個男的像是呼吸一樣面不改色就說了謊。

現在抱著「事到如今是妳自作自受」的想法捨棄姊姊還太早了。

「那我就放心了！因為只要小艾拿出真本事根本易如反掌！」

「姊姊很信任我耶。」

「那當然，因為是我最喜歡的弟弟啊——」

榭希兒開心地露出笑咪咪的表情。

「要是在這裡輸掉，我要你和姊姊共度良宵。」

「原來妳不相信我嗎？」

而且要懷疑這個姊姊也還太早了。

「可以嗎？姊姊可能會和陌生人訂婚耶？小艾什麼時候變得這麼無情了？」

「關我什麼事？是姊姊擅自造成這種事態吧？」

「說好要和姊姊訂婚的約定呢？」

「我會運用公爵家的人脈介紹優秀的醫生給妳！因為捏造記憶很可能是嚴重的疾病！」
即使看見鼓起臉頰的榭希兒，艾爾文依然撇頭抗拒。
像這樣對話的時候，學生們也接連從訓練場裡拿著武器過來。
看見這個光景，夾在兩人中間的蘇菲雅慌張地向艾爾文耳語：
「艾……艾爾文先生……您拿出幹勁也沒關係吧？」
「蘇菲雅，妳聽好……我很弱。為了享受墮落的生活，我不希望這個評價有所改變。」
「可是這樣下去的話，艾爾文先生會遭遇危險……」
蘇菲雅真的在擔心。
承受這雙純粹的眼神，艾爾文不禁發出「嗚」的一聲。
「好啦好啦，各位準備好了嗎？」
因為艾爾文遲遲不肯點頭而賭氣的榭希兒朝著學生們大聲喊道。
學生們眼中各自燃起幹勁，將武器朝向艾爾文。
「對手是公爵家之恥……」
「八成是先搶先贏……所以要速戰速決！」
「對手是無能就沒什麼好怕的！」
總之即使以整體來考量，艾爾文也不想在這時候順了榭希兒的意。

但是蘇菲雅純粹在擔心他的安危。不只如此，他並不討厭姊姊，要是這樣的姊姊必須答應班上同學的要求也不太好。

女生就算了，如果是被男生們打倒，不知道他們會提出什麼樣的要求。

（啊～真是的！照著姊姊的意思去做真令我火大！）

榭希兒終於發出「開始！」的號令。

聽到這聲號令，學生們一齊襲向艾爾文。

有人單手拿著武器衝過來，有人開始詠唱魔法。

雖然一看就知道技術還很拙劣，然而畢竟是這種人數，即使是一般的騎士或魔法士也足以構成威脅。

但是——

「蘇菲雅，妳過來一下。」

「咦？」

艾爾文露出情非得已的表情，一把將蘇菲雅抱過來。

事出突然，蘇菲雅不由得滿臉通紅。

然而在這之後……

具體來說是在艾爾文再度提腿時……蘇菲雅忽然覺得不對勁。

不知為何，大氣突然變得冰冷。

「啊，這可能不太妙。」

榭希兒大概也感受到這個徵兆，一口氣跳到觀眾席上。

接著，在艾爾文踩踏地面的瞬間——整片空間連同學們一起冰封了。

「這麼說來……」

然後——

「剛才說誰會打贏誰？你們這些傢伙秤秤自己的斤兩再說吧，一群傻瓜。」

艾爾文輕輕吐出一口白色的氣。

發生什麼事了？

首先浮現在腦海的是這句話。

偶然……不，應該是因為比一般人稍微鍛鍊過身體吧。以騎士為目標鑽研至今的一名學生，這名少年逐漸稀薄的意識中被疑問填滿腦海。

身體是冰冷的。視野像是被一片薄薄的玻璃遮擋，而且身體完全動彈不得。

朦朧只看得見輪廓的視野裡，站著和他一樣動彈不得的學生。

以及緩緩吐出白色氣息的……公爵家的無能。

（怎麼可能……！無詠唱就展開這種規模的魔法？）

基本上，魔法都需要詠唱。

這是為了讓魔力清楚認知到即將發生的現象。

詠唱愈縝密，能夠展開的魔法就愈強力，能夠操控的人也愈少。

不過，偶爾……擁有才能的人可以省略詠唱的過程。

這是因為腦中確實建立起魔法所引發現象的想像，單純具有魔力的凡人這麼做也不會發生任何事。

對於魔法士來說，「無詠唱」是才能的證明。

但是即使擁有這種才能，想像的魔法愈縝密就愈難操控，只能使用比較簡單的魔法。

照道理是這樣才對，面前的少年卻做到了。

而且是被稱為無能的公爵家之恥，和他同年的少年——

（榭希兒大人說的那些話是真的……？）

艾爾文比榭希兒更強。

這名少年知道榭希兒喜歡弟弟艾爾文，所以剛開始以為是基於偏袒心態才說弟弟很強。

然而，既然看見這種光景，就只能更改認知了。

（這就是真正的艾爾文．阿斯塔列亞……）

少年漸漸失去了意識。

面對艾爾文的實力而吃驚的不只是少年一人。

（哎呀～……小艾真厲害耶。）

勉強成功逃到觀眾席的榭希兒露出苦笑。

在她眼前擴展開來的是毫不留情吞噬學生的遼闊冰面。

雖然反射陽光看起來閃閃發亮……但是瞬間填滿整座訓練場的現實不得不令人吃驚。

（和媽媽相比是誰比較強？如果是現役時代應該平分秋色？）

榭希兒腦中浮現退役母親的身影。

自己是騎士所以不熟悉魔法。那位母親會做出何種反應呢？

不，更重要的是——

（問題在於認真和我打的時候吧……）

依照艾爾文的個性，榭希兒認為他應該不會認真和自己打。

嫌麻煩，明明擁有這麼厲害的實力卻不肯張揚。和謙虛不太一樣……就只是不想引人注目。完全是暴殄天物。

（嗚嗚……我身為姊姊的威嚴……）

別看榭希兒這樣，她有自負在學園裡也是「第二強」的人。

在同年級裡肯定沒有敵手，也多虧這份實力成為騎士團的副團長。

不過，像這樣重新見識到艾爾文的實力之後，就會澈底體認到自己是在多麼小的世界裡戰鬥。

如果是那個人的話贏得了嗎？她不禁這麼想。

（話說小艾應該不會連固有魔法都會使用吧？）

固有魔法是魔法士嚮往並作為目標的巔峰。

超越現存的魔法，只為自己創造的魔法。只有自己能使用，是為了將自己的潛在能力發揮到極限而創造，所以比任何魔法都要強大。

創造固有魔法需要掌握自己的潛在能力，也被要求具有放棄現存魔法從零生成的天分。

前來學習魔法的學生，當然沒達到固有魔法的境地。

據說即使是被稱為專家等級的魔法士，也只有極少數能夠操控。

（……但我感覺小艾好像有。）

更重要的是——

「小艾好帥喔……和以前完全沒變耶。」

榭希兒果然也是普通的少女。

看著艾爾文吐出雪白氣息抱著少女的身影，她的臉頰染上一抹紅暈。

「我有手下留情，但是應該暫時不能動吧。」

蘇菲雅在近距離聽著這段話。

抬起頭來就能看見今天剛認識的男生的臉。被緊抱的身體側面因為他的體溫而變得溫熱，背部卻寒冷得像是躺在冰原上。

——蘇菲雅一瞬間沒能理解剛才發生了什麼事。

突然被緊緊抱住，艾爾文踏出一步的時候……兩人所在位置以外的場所一起開始凍結。

就像是水往下流會呈現圓形的擴散。

冰之漣漪襲擊訓練場，毫不留情地吞噬接近過來的學生們。

（這個人是……）

蘇菲雅對艾爾文的印象是「溫柔的人」。

而且很有趣，和他在一起很快樂。再來就是隱約有一種令人安心的溫暖。

不過，除此之外和我沒有兩樣。蘇菲雅是這麼認為的。
雖然被周圍瞧不起，但他和我一樣是學生。今後會一起努力，逐漸成長。
可是，他應該不需要這種成長吧？
因為，他已經是成長完畢的狀態了——
「啊，會冷嗎？」
艾爾文以一如往常的打趣態度問她這個問題。
「不……不會！我沒事！」
「是嗎？那我們快點回教室吧。反正現在這樣就算要繼續也沒辦法了。」
如此說道的艾爾文讓蘇菲雅站好。
這令蘇菲雅隱約感到寂寞，但她揮動雙手趕走腦中突然浮現的願望。
「話說回來，這下子搞砸了……這樣正中姊姊的下懷吧？如果這時候揹著一根蔥，我就完全是一隻鴨子了。」（註：「鴨子揹著蔥走過來」意指順心如意的狀況）
走在前方的艾爾文，身影給人一種非常沮喪的感覺。
明明做出這麼厲害的事，他卻沒有自豪，甚至正感到悲傷。
無法理解。但是蘇菲雅想要鼓勵他——
「那……那個！」

「嗯？」

「您剛才好厲害……啊，不對，是好帥！」

大概是率直說出口感到不好意思，蘇菲雅這時候臉頰有點紅。

聽到這樣的話語，艾爾文頓時露出錯愕的表情，隨即輕聲一笑。

「……總之，光是被可愛的女生稱讚就算是好事吧。畢竟對男生來說，美少女的讚美價值連城。」

蘇菲雅很高興聽到艾爾文願意這麼說。

或許因為這樣，所以她跑到準備離開的艾爾文身旁，再度露出了笑容。

◆◆◆

——後來，艾爾文在班上成為話題焦點。

窺見一部分的實力了。

這份實力對於同樣立志成為魔法士的人來說，也會立刻覺得「贏不了」。

只要是神智正常的人，就再也無法鄙視他是「無能」。

話雖如此，但是這件事果然只有看過的人知道。

班上的學生即使告訴別班的朋友，也只會得到「你在開玩笑吧？」這句話。
不過，某些學生認為這就某方面來說正好方便行事。
既然誰都不想接近，自己就容易接近。
學園是培育自身成長的場所，也是擴展交友圈的社交場合。
至今即使小看也沒問題的人，其實擁有不可小覷的實力。
立場也是適合打好關係的公爵家。
無論如何都要建立人脈也是在所難免。
不過，目前還沒有任何人向他搭話。
因為他今天一整天……自始至終都睡得很熟。
「艾爾文先生，艾爾文先生。」
在這樣的狀況中，終於有一名學生向正在睡覺的艾爾文搭話。
大概是被這個聲音叫醒，艾爾文慢慢抬起頭。
「眼前有天使……難道我終於來到天堂……」
「真是的，又睡昏頭了嗎？」
鼓起臉頰的天使。更正，是蘇菲雅。
這副模樣非常可愛，艾爾文的表情放鬆到不能再放鬆。

「結束了喔。」

「我這三年也到此為止了……」

「不是畢業的意思啦！」

聽著這個莫名可愛的聲音，艾爾文逐漸清醒過來。

終於環視周圍回到現實了。

「啊，上完課了啊。」

「您一一直在睡覺喔，艾爾文先生。我覺得上課的時候睡覺不太好！」

「這樣啊……蘇菲雅這麼乖真是了不起。」

「嘻嘻，沒那回事啦……啊！」

蘇菲雅察覺自己突然被當成孩子看待。

這麼可愛的女生原來真實存在於世間……艾爾文慢了半拍才察覺這個事實。

「既然這樣，我就得去騎士團那邊才行了。」

「咦？艾爾文先生也要加入騎士團嗎？」

「這種事應該很常見，但我稍微受到了家人的威脅，所以就加入了。」

「……這份威脅離您這麼近嗎？」

「放心，沒有生命危險！」

只不過差點就引發家庭破碎了。

「嗯？不過妳說『也』要加入——」

「哼哼！其實我也想要加入騎士團！」

艾爾文看著挺起胸膛的蘇菲雅，歪過腦袋。

奇怪，她不是很罕見的負責治療的魔法士嗎？

看見艾爾文抱持這個疑問，蘇菲雅開始說明。

「就算是魔法士，也不是不能加入騎士團喔。艾爾文先生不也是這樣嗎？」

「不，我姑且算是兩種都可以……」

「我認為艾爾文先生可以再稍微拿出一點幹勁。」

不然真的是暴殄天物……蘇菲雅難得在內心發起牢騷。

「我的狀況是以治療支援為主，所以老實說無論去哪裡都有需求。因為在有人負責上前保護人們的場所就一定會有人受傷。但我當然不會成為騎士就是了。」

簡單來說就是為了負責後援的工作而加入。

沒有部隊不需要後援。騎士團是如此，魔法士團也是如此，任何人只要上前戰鬥就免不了受傷。

願意提供這種支援的人是寶貴的人才，到處都搶著要。

蘇菲雅應該是因為適用於這個部分，所以想要加入騎士團。

「為了償還借來的學費，我也必須工作才行。加入騎士團就能定期領到定額的薪水！」

「可是這樣的話，加入魔法士團也可以吧？學園起碼應該有自己的魔法士團，妳去那裡也比較好學習魔法吧？」

「我也有想過，不過騎士團的規模還是比較大，所以也可以領很多錢……」

「原來如此。」

學園底下的魔法士團規模意外得小。

說起來，魔法的才能會受到魔力的影響，所以魔法士本身就是寶貴的人才。加上魔法士的定位是從後方打倒敵人。

不只是工作有限，相較於站上最前線的騎士團，賺得到的錢果然也比較少。

「而且騎士團有我認識的朋友。」

「這樣啊，那我就放心了。」

「我認識的這位朋友很厲害喔！一轉眼就能卸下對方的肩關節！」

「我很擔心妳喔。」

安心的要素也太集中了。

「而且聽到艾爾文先生也要一起加入，我的不安一下子就消失了！」

「哎呀天啊好耀眼！」

看見蘇菲雅露出滿面笑容，艾爾文不禁遮住眼睛。

「所以說，要不要一起過去？今天騎士團好像要集合想加入的人們舉辦說明會！」

「我也是因為這樣才被叫去的嗎……知道了。那我們一起去吧。」

老實說，艾爾文懶得去。

雖然想要立刻回家玩樂或是睡覺，不過只要身旁有蘇菲雅就能稍微排解憂鬱的心情。

艾爾文踩著變得輕快的腳步，和蘇菲雅一起前往訓練場。

大概因為是第一個成為好友的正常女生，所以一路上有說有笑，非常愉快。

抵達訓練場之後，蘇菲雅立刻找到朋友並跑了過去。

「蕾拉小姐！」

「哎呀，這不是蘇菲雅嗎？妳果然要加入騎士團吧。」

總之這個世界滿小的……艾爾文如此心想。

天使般的少女與嬌憐美麗的少女在他面前相擁。

這是久違的重逢。看在旁人眼中不知道是多麼令人會心一笑的迷人光景。百合在周圍整片綻放，充滿許多陽剛男兒的空間彷彿導入了亮晶晶的特效。

這個世界好小。如此心想的艾爾文掛著非常滿足的笑容點頭。

「話說還真巧，沒想到你會和蘇菲雅一起來。」
「真的，我覺得這個世界好小。」
蘇菲雅的朋友居然是蕾拉。
雖然感覺完全沒有交集，但是從那麼和睦的樣子就能隱約看出兩人關係多麼親密。
「咦？艾爾文先生和蕾拉小姐認識嗎？」
「我們是筆墨難以形容的關係。」
「妳這種說法只會產生誤解。」
不過兩人確實是筆墨難以形容的關係。
「我反倒很驚訝妳們兩人認識。所以妳們是什麼關係？」
「是欠錢跟借錢的關係！」
「這樣啊，這種關係要形容為和睦還差得遠了。」
「等一下，蘇菲雅。要說明的事實應該不只有這部分吧？」
實際上蕾拉有借錢給蘇菲雅繳學費與入學費，所以並沒有錯。
但也用不著只擷取這部分吧？蕾拉露出苦笑。
「又是借錢，又是販賣情報……這個時代的貴族千金進化到了這種程度嗎？感覺總有一天連那裡的尺寸都會事先調查，男生們會哭的。」

兩人意外的關係使得艾爾文不禁一頭衝進思考之海。
「雖然說得沒錯，不過這可不是主要的部分……」
「蘇菲雅也因為債務擔保，自己的身體總有一天會被奪走……」
「所以先聽我說明啦。」
「到了那個時候，我身為朋友必須把蘇菲雅買回來才行。可是這樣的話會被當成我的私人物品──」
啵嘎♪
「──也說不定，不過我想先抱怨妳害得我的手臂不能動了。」
「哼哼！蕾拉小姐非常擅長拆別人的肩膀喔！」
「原來如此，妳說的就是她啊。難怪我覺得這句話很耳熟。」
艾爾文一邊嘆氣，一邊把不知何時被卸下的肩膀給接回去。
開始擔心可能會變成習慣性脫臼了。
「唉……蘇菲雅是我家的領民，我們稍微能算是兒時玩伴。」
「是喔～」
「明明說過學費與入學費我出就好，蘇菲雅卻說『這樣很不好意思』而不肯接受。」
「嗯，老實說我覺得大概也是這麼回事。」

看在兩邊都有交情的艾爾文眼中，感覺兩人應該都會說出這種話。

善良的蘇菲雅應該會覺得這種單方面的恩惠很沉重而有所顧慮，無論怎麼說都很照顧他人的蕾拉即使施恩也會尊重對方而尋找妥協方案。

演變到最後，這件事就以借貸的形式定案了吧。

「總之，沒聊完的改天再慢慢聊吧。你們的集會差不多要開始了。」

蕾拉這麼說之後，騎士團的成員正好開始列隊。

身穿新制服，似乎是入團志願者的學生們也像是有樣學樣般開始排隊。

「那麼，我過去了！」

「嗯，慢走。」

蘇菲雅可愛地敬禮後，前往入團志願者那裡開始排隊。

簡直像是離家獨立的女兒般惹人憐愛。

於是蕾拉與艾爾文揮手目送這名少女的身影。

「哎呀，妳的兒時玩伴是充滿活力又可愛的孩子耶。」

「你為什麼在這裡？」

「哎呀，因為我已經加入騎士團了——」

「沒加入喔。」

「沒加入嗎？」

明明在入學之前進行過那種對決了？

出乎預料的回答令艾爾文忍不住嚇一跳。

「如果要加入騎士團，首先要接受入團測驗。要是沒這麼做，接下委託之後只會徒勞無功，還會有人受傷。」

完全無法成為戰力的人加入騎士團會變得如何？

或許每次接下委託出任務的時候都會受傷，在同伴間造成困擾。

雖然沒有既定的名額，不過正因如此，所以要淘汰一定程度的人，否則從整體來說會造成損失。

「咦？那麼我入學之前遭遇的那個到底是……？」

「只是在炫耀弟弟吧。」

「可惡，總有一天我要宰了那個姊姊——！」

當時的辛苦以及相互威脅的場面是怎樣？

結果只是在炫耀。艾爾文對此再度點燃怒火。

「不，等一下。也就是說，只要在這裡沒通過測驗，我就不必加入騎士團，而且也不算毀約吧？艾爾文我不只是長相出色，頭腦也很好……」

「話雖如此，但你應該幾乎確定會入團吧。」
「……我可以回去嗎？」
「不可以。」
面對無處可逃的現狀，艾爾文「唉」地嘆了口氣。
雖然早就知道是這種個性，不過蕾拉難得看見了艾爾文軟弱的一面。
因此，艾爾文露出沮喪模樣的時候會激發蕾拉的保護慾，這件事要保密。
「啊，這麼說來……」
不過在這種時候，蕾拉像是想起什麼般開口了。
「嗯？怎麼了？」
「沒有啦，最近出現了奇妙的傳聞，所以我想說也和你講一下——」
可惜說來不巧，訓練場入口在這時候出現了兩個人影。
是副團長路易斯以及同為副團長的榭希兒。看來接下來要正式開始了。
「晚點再說吧，現在好像要開始了。」
「……收到。拜託不要是會害我每晚睡不著的不祥話題。」
這可不一定喔。蕾拉面帶微笑，和蘇菲雅那時候一樣目送艾爾文前去排隊。
接下來是入團測驗，不過首先從入團志願者的拜會開始。

這次的入團志願者包含艾爾文他們一共十人。

考慮到現在騎士團的成員約有三十人，這樣的人數有點少。

「我是基恩迪魯克子爵家的三男，艾雷克．基恩迪魯克！從小就崇拜騎士，想在這裡鑽研造詣所以志願入團！請各位多多指教！」

年輕人充滿活力的聲音響遍全場。

希望、期待，以及少許的緊張與不安。明明年紀沒有相差太遠，不過剛開始的時候總是這種感覺。

眼前的人們在學園或以騎士見習生來說都是前輩。

正因如此，所以想在眾人面前展現自我的這個場所，會有各式各樣的情感填滿自我。

看著新生這副模樣的前輩們也獲得活力。覺得自己當時也是這樣而感到懷念，朝著受期待的明日之星——

「噓————————！」

「哼，男的給我滾！」

「沒人叫你來喔，小鬼！」

「回去喝媽媽的奶吧，垃圾！」

一起開始狂噓。

真是毫不留情的前輩們。

「我叫做蘇菲雅，是回復士！雖……雖然不像各位是騎士見習生……但我想在騎士團好好努力！」

數人完成自我介紹之後，終於輪到沙漠裡的綠洲了。

她看起來十分緊張，走音的聲音與可愛的動作自然而然引人注目。

和先前入團志願者的少年相差甚遠。與其說受到期待，她散發的氣息更令人冒出「沒問題嗎？」的想法。

「咻～咻～！」

「歡迎來到我們騎士團！」

「我們由衷歡迎妳！」

「有什麼不知道的事情儘管問吧！」

話雖如此，不過態度差距實在驚人。

他們一起跳起波浪舞的模樣，格外如實反映出男女的差別待遇。

「呃～……啊～我是艾爾文．阿斯塔列亞。請多指教。」

然後，終於輪到最後的艾爾文開始自我介紹。

話雖如此，但艾爾文說得簡潔又懶散至極。和一旁的蘇菲雅或是洋溢期待的入團志願者們大不相同。

然而——

「喲！我們等好久了，艾爾文先生！』

「歡迎來到我們騎士團！」

「艾爾文先生，請再稍微拿出一點活力啦～！」

「和我們一起加油吧！」

「呀啊～！小艾今天也好帥喔～！」

不打不相識的騎士團眾人歡迎著艾爾文。

看來確實在內部建立起上下關係了。

不知為何有一人發出尖叫的歡呼聲，這應該不必在意吧。

「嘖！」

另一方面，在騎士團裡也擔任副團長的路易斯不悅地咂嘴。

這也是當然的，從唯一的正經人路易斯看來，沒有幹勁的態度必須斥責。

不過因為曾經被一腳踢飛，所以遲遲不敢公開批評。

「啊？你剛才是不是對小艾咂嘴？」

「可以不要突然露出恐怖的表情嗎？」

何況身旁有個溺愛弟弟的姊姊，所以更不敢多說什麼。

這時候要是說錯話，無關副團長的立場，實力在他之上的榭希兒或艾爾文會找他麻煩。

「好了好了～！入團志願者的自我介紹到此結束了～！」

從犀利眼神突然變回原先模樣的榭希兒走到入團志願者們前方。

「首先，感謝各位志願加入騎士團！我是副團長榭希兒‧阿斯塔列亞！而且也是小艾的姊姊，嗯哼！」

這是不需要的情報。艾爾文如此心想。

「今後請多指教喔──雖然我很想這麼說……但是如各位所知，騎士團也要負責危險的工作。各位應該不是抱著馬虎的心態過來，但如果無論如何都沒有相應的實力，就不能讓各位跨過這道門檻。」

榭希兒變得嚴肅的聲音傳到入團志願者們的耳中。

既然有生命危險，上位者基於立場就不能輕易背負責任。

入團志願者或許也明白這一點，大家同樣帶著緊張的表情聆聽。

「所以，我們騎士團的例行活動──入團測驗從現在開始！」

「「「「唔喔────────────────！」」」」

和入團志願者們相反，榭希兒率領的騎士團氣勢高昂。

因為是例行活動，所以這裡的騎士團眾人當然都通過了至今的入團測驗。

再加上這次不是受測的一方，而是旁觀的一方，所以他們的心態應該有點像是在欣賞表演吧。

「請……請問！入團測驗是要做什麼呢？」

蘇菲雅戰戰兢兢地舉手發問。

榭希兒回答「這是個好問題♪」並露出甜美的笑容。

「在這之前必須介紹一個人給各位認識——呃，我剛說完就終於出現了！」

榭希兒轉頭看向入口。

入團志願者們也跟著一起將視線移過去。

位於該處的是豔麗銀髮隨風飄揚的少女。

英姿煥發，氣質高雅，同時隱約帶著稚嫩氣息，可愛又標緻的臉蛋。

看見這名少女的瞬間，入團志願者們開始從緊張轉為困惑。

這個人為什麼在這裡？能聽見有人這麼說。

（喂喂喂，不會吧……）

艾爾文同樣這麼想。

因為——

「為各位介紹！這位是我們學園的騎士團團長……也是這個國家的第二公主──莉潔洛緹・拉列里亞！」

這個人是這個國家的王族。

「真是的……榭希兒，我不是說過請妳不要這樣介紹嗎？我會不好意思。」

「還不是因為小莉妳這麼晚來，所以也沒辦法啊！」

「單純只是講師有事找我過去……」

莉潔洛緹說到這裡，朝著吵鬧的好友嘆氣。

沒想到騎士團的團長居然是第二公主。至今騎士團團長的名字確實沒有公開。

基本上對外都是榭希兒與路易斯，團長是不可思議的存在。這是入團志願者們的認知。

但是話說回來，這個寶箱打開一看也太豪華了。

「回到正題，入團測驗竟然是『打中團長一下』！話先說在前頭──」

榭希兒就像是整人成功的孩子，朝著入團志願者露出惡作劇般的笑容。

「小莉比我還要強喔。所以各位……鼓足幹勁到吐血的程度好好努力吧！」

雖說是理所當然，不過人們傾向於將「眼前的情報」堅決認定為事實。

眼前的這個人雖是王族卻是女生。一度如此認知之後，腦中就會斷定對方終究是女生。

但只以眼前的情報做判斷也是難免的。

因為沒有更好的判斷材料。

同時，出現在入團志願者們眼前的第二公主莉潔洛緹·拉列里亞也一樣。

經常看見她在社交界露臉，也知道她就讀這所學園。容貌美麗，氣質洋溢，也和我們的年齡相近。

不過，她是學園的騎士團長？比榭希兒還強？

這種事聽都沒聽過。

這也是必然的……因為檯面上的事情全都交給了副團長，連名字都沒有公布。

「咳咳，雖然剛才的介紹方式對於我個人來說相當不好意思……初次見面，雖然各位或許已經知道了，我是莉潔洛緹·拉列里亞，受命擔任這個騎士團的團長。」

在不知情的入團志願者感到困惑的狀況下，莉潔洛緹稍微低頭致意。

「我也歡迎各位來到騎士團。感謝各位像這樣志願參與。不過如同榭希兒剛才所說……不能讓學藝不精的人加入騎士團。因此……」

說到這裡，莉潔洛緹拔出腰間佩戴的兩把木劍。

光是這個動作，新的緊張感就在訓練場擴散開來。

大概是收到了暗號，現任的騎士團成員們慢慢自原地拉開距離。

「其實我很想廢止這種入團測驗……不過既然是傳統就沒辦法了。加上這是例行活動，所以我也會努力。」

規則很簡單。只要打中莉潔洛緹一下就好。

使用任何方法都沒問題。無論是拳頭還是飛刀，只要能碰到身體的任何部位，該名學生就被認可入團。

「不過，好像也有回復士的入團志願者。」

「是……是的！」

雖然沒有直接點名，不過被叫到的蘇菲雅以高了八度的聲音回應。

莉潔洛緹以眼神朝榭希兒示意，催促她引導蘇菲雅離開志願者那裡。

被榭希兒招手示意的蘇菲雅悄悄瞥了艾爾文一眼，就快步走向騎士見習生所在的場所。

「小雅只要順利治療接下來受傷的人們就算合格喔～！」

「如果沒人受傷呢──」

「啊～放心放心！每年都一定會有人受傷！」

好想回家……聽到榭希兒這句話的艾爾文由衷這麼想。

「那麼時間可貴，立刻開始吧。」

入團志願者們嚥下口水，同樣拔出腰間的木劍。
話雖如此，但是對方只有一人，而且是在溫室裡長大的公主大人。
我們也接受過指導，具有相當的實力，對方是以騎士來說很少見的女生。
而且必須一次對付這麼多人——應該能輕鬆取勝吧。所有人都是這麼想的。
「姑且給各位一個忠告。在騎士團裡無關於年齡或立場，是以實力決定上下關係。換句話說——」
然而，眾人得知自己的驕傲自大……是在短短數秒鐘之後的事。
「別看我這樣，我很強的。」
莉潔洛緹說出這句話的瞬間，她的身影就消失了。
到底跑去哪裡了？冒出這個疑問的時候，一名入團志願者的視野出現人影。
驚覺不妙而舉劍的時候，心窩傳來了沉重的衝擊。
「咳哈！」
「先解決一人。」
心窩被劍柄擊中的入團志願者就這麼趴倒在地。
但是莉潔洛緹沒加以確認，就迅速鑽到下一名入團志願者的跟前。
以劍架開對方揮下的劍，再以另一把劍攻擊對方側腹。

行雲流水而且視線追不上的速度頓時令入團志願者感到慌張。

該怎麼應付？對方是女生啊？向公主揮劍沒問題嗎？

……不，現在沒空說這種事。

入團志願者們一起襲向莉潔洛緹。

大概是想發揮人數優勢吧。然而莉潔洛緹依然面不改色揮動木劍，確實逐一打倒眾人。

（哎，要說強確實很強……但我總覺得和姊姊差不多耶。）

艾爾文沒有突擊，而是旁觀這幅光景。

（不過，這是不是我也可以輸的狀況啊？畢竟她確實很強，而且雖說我已經取得內定，但她看起來沒有想讓我入團的意思……）

實際上，她或許有保留實力吧。

即使如此，看見莉潔洛緹這麼無情地打倒眾人，艾爾文覺得「以最壞的狀況，就算她不讓我加入也沒問題」。

那麼為了今後的墮落人生，忍著皮肉痛輸給她也是可行的——

「小艾～要是輸了今晚就不讓你睡喔～！」

觀眾席傳來姊姊的聲援。

「是哪一種？是因為很丟臉所以要通宵訓練，或者單純是我的貞操危機？到底是哪一種啊，姊姊！」

「…………（羞♡）」

「姊姊？」

看她臉紅的模樣恐怕是後者。以那個姊姊的個性很可能這麼做。艾爾文的背脊竄過一陣惡寒。

感覺她知道艾爾文的實力之後，脅迫的頻率逐漸增加了。

此時，莉潔洛緹剛好打倒第八人。

看來真的完全不想讓任何人合格。

莉潔洛緹手上的兩把木劍指向艾爾文。

而且靠著引以為傲的速度，立刻將她標緻的容貌展現在艾爾文眼前。

乘虛而入了。和剛才一樣，只要就這麼揮出劍就能打倒。

然而，眼前突然出現東西的……絕對不只艾爾文一人。

「……啊？」

莉潔洛緹的視野也出現了鎖定她喉頭的某個物體。

「唔！」

莉潔洛緹連忙將原本要揮出去的劍擋在喉頭。

這一瞬間，喉頭與劍受到沉重的衝擊而響起低沉的聲音。
緊接著，她察覺這一切來自艾爾文向上踢出的腿。
「咦……妳擋得住剛才那招？」
「真令人驚訝……到底是誰說你是公爵家之恥的？我可不期待這種驚喜。」
沒想到這個人追得上我的速度。
雖然沒有掉以輕心，但是這個出乎意料的反擊使得莉潔洛緹不由得停下腳步。
「天曉得。但這是事實所以我不便多說。」
「不愧是榭希兒的弟弟……我明白她為什麼經常眼神閃亮地向我炫耀了。」
「連公主大人都看過姊姊的醜態！」
艾爾文雙手掩面哭泣，莉潔洛緹見狀一笑。
「這是例行活動，所以我原本覺得很無聊……不過看來意外地有趣。」
說完之後，嘴角掛著笑容的莉潔洛緹就這麼蹬地向前。

◆◆◆

「唔喔喔喔喔喔喔喔喔喔！兩人都好厲害！」

「不愧是我們的團長！太強了！」
「不過艾爾文先生也完全沒輸！」
「呀啊～！小艾好帥喔～！姊姊好像要更愛你了～！」
騎士團成員們就像這樣炒熱著氣氛。
團長莉潔洛緹以及被鄙視為「公爵家之恥」的艾爾文在訓練場展開激戰。
已經化為觀眾的騎士見習生們籠罩在興奮的心情之中，各自開始聲援兩人。
在這樣的狀況中，正在對峙的莉潔洛緹貌似冷靜，內心卻驚訝不已。
（真是出色……）
莉潔洛緹的兩把木劍同時襲向艾爾文的脖子與身體。
但是艾爾文即使表情稍微扭曲，卻依然放低身體，以拳頭打向木劍側面輕鬆應對。
莉潔洛緹的攻擊沒有結束，一個轉身再度朝艾爾文的身體揮劍，艾爾文同樣打向側面彈開木劍迎擊。
不只如此，他彈開木劍後就往胸口踢過來。這是莉潔洛緹無法徹底進攻的另一個要因。
（聽榭希兒之前炫耀的內容，艾爾文大人原本是魔法士。即使如此，卻以體術就能和我打成平分秋色……）
莉潔洛緹擁有足以立於騎士團頂點的實力。

在同年代之間甚至凌駕於榭希兒，毫無敵手。多虧傑出的才能以及鍛鍊而提升至今的實力，在學園裡也是首屈一指。

雖說自己還沒有拿出真本事，艾爾文卻能持續戰鬥到平分秋色的程度，莉潔洛緹不得不感到驚訝與佩服。

（當時我認定榭希兒的炫耀是過於高估自家人……不過原來如此，看來我必須更改這份認知了。）

王室直屬魔法士團前任副團長與騎士團團長的兒子。

無與倫比的異端天才。

這就是艾爾文·阿斯塔列亞。莉潔洛緹如此認為。

所以認真戰鬥吧。

在這個時間點讓他入團應該也沒問題，但是難得遇見能夠對等較量的人。

興奮的心情以及面對對手的禮節，使得莉潔洛緹拿出更強的實力。

「簡直不像是我認識的第二公主大人……！」

「哎呀，害你幻想破滅了嗎？」

「沒這種事。不過不用認真到這種程度吧？待在輝煌的水晶燈下方絕對更適合您！」

「呵呵，這裡應該比較合我的個性。」

「可惡！為什麼我身邊的人都這麼勤快地付出勞力啊！」
艾爾文在彈開木劍的瞬間，無詠唱就在地面生成冰柱。
（終於動用魔法了……！）
莉潔洛緹以天生的反射神經成功閃躲，將直到剛才接近的距離拉開。
大概是認定這是大好機會，艾爾文伸手一揮。
這一瞬間，巨大的冰柱從訓練場一角襲向莉潔洛緹。
「艾爾文大人，我覺得這份禮物送給淑女有點大喔！」
「不是說禮物多大就代表愛情有多深嗎！」
莉潔洛緹沒有迎擊。
若要破壞這麼巨大的冰柱，木劍立刻就會損毀吧。
那麼就得閃躲。面對巨大的物體，能夠閃躲的地方不多，事到如今也沒辦法了。
然而——
「既然是對人戰鬥，絕對會來到這裡對吧！」
艾爾文在她閃躲的位置等待。
莉潔洛緹在地面翻滾閃躲時，艾爾文猛然踢過來。
她以木劍擋下這一腳。雖然再度在地面翻滾，不過在這場入團測驗裡只要沒中招就不成問題。

只不過，艾爾文不可能放過這個空檔……他的腳邊產生了冰之波浪。

（艾爾文真是毫不留情耶……）

觀看戰局的蕾拉露出苦笑。

光是觀看這場水準過高的戰鬥，無法得知他是否手下留情。事後沒訪問的話就不會知道箇中玄機吧。

然而，感覺艾爾文內心的「猶豫」這兩個字消失了。

否則他不可能以海嘯般的冰浪攻擊公主。

但是——

（陪在榭希兒大人身邊的你應該有感覺到吧？）

面對波浪的莉潔洛緹面帶笑容。

（只看劍術的話，我和榭希兒大人水準相同。）

下一瞬間——

滋————————！

冰浪接著開出了一個洞。

周圍瀰漫著像是水蒸氣的薄霧，緊接著響起撼動胸膛的聲音。

「……我就覺得奇怪。」

另一方面，艾爾文看著開出來的洞，臉頰變得僵硬。

從該處現身的是身披搖曳火焰的莉潔洛緹。

「明明只看劍術應該是姊姊比較強，妳卻比姊姊強……代表妳絕對藏了某些底牌。」

「呵呵，有成功給你一個驚喜嗎？」

「哇～真開心～……雖然我沒說需要驚喜，不過很謝謝您……」

她和艾爾文是同類。

身為魔法士卻擅長近身戰。

名為莉潔洛緹的第二公主就是這樣的存在。艾爾文事到如今深刻體會到了。

「可惡，我可不能畏縮！我有著不能輸的理由！」

「具體來說是什麼樣的理由呢？」

「貞操的危機！」

「榭希兒……我總算開始覺得妳弟弟很可憐了。」

莉潔洛緹垂頭喪氣的時候，艾爾文朝她逼近。

再來是近身戰。腳邊冒出冰柱，手上生成冰之短劍，艾爾文瞄準她的喉頭拉近距離。

此時——莉潔洛緹朝著艾爾文舉起手。

「請等一下。」

怎麼了嗎？看到莉潔洛緹突然制止，艾爾文不由得停下腳步。

「測驗中止。」

「呃，請問……」

「跪坐。」

「啊？」

「請在那裡跪坐。」

這下子愈來愈摸不著頭緒了。

然而在艾爾文歪頭納悶時，莉潔洛緹發出稍微嚴厲的聲音。

「跪坐！」

「是！」

不像是文雅的第二公主會發出的聲音，使得艾爾文反射性地跪坐。

然後莉潔洛緹走向跪坐的艾爾文，以手指彈了他的額頭。

「用那種劍的話不是很危險嗎？」

「咦？」

「你以為我為什麼使用木劍？」

確實，艾爾文生成的劍可以輕易砍傷對手。

不同於沒有鋒刃的木劍，殺傷能力應該截然不同吧。

艾爾文聽到指責才終於察覺。

「雖然不小心打得太激烈，但這始終是入團測驗。不是你死我活的戰鬥。」

「是、是的……」

「聽清楚了。經過剛才的對戰，我知道你在對人戰鬥……以性命相搏的戰鬥累積了相當多的經驗。不過這是模擬戰，不是需要以性命相搏的對手。」

莉潔洛緹突然開始說教，旁觀的騎士見習生們也不禁愣住。

「說起來，艾爾文大人在戰鬥以外的狀況判斷——」

「……這、這種結束方式我果然無法釋懷！」

「給我專心聽！」

「是，長官——！」

看著這個光景愣住的觀眾們終於回到現實世界，順便開始發笑。

明明難得上演了那麼精彩的戰鬥，大家都看得熱血沸騰，最後卻是草草收場。

很像艾爾文先生的作風。某人捧腹說出了這句感想。

然後，和他交往密切的蕾拉按住了額頭。

「這是在做什麼啊……」

——就這樣，入團測驗以無法釋懷的形式閉幕。

順帶一提，莉潔洛緹的說教持續了三十分鐘之久。

◆◆◆

結果，入團測驗以莉潔洛緹的說教閉幕。

說來當然，連一下都打不中的入團志願者只能離開，蘇菲雅因為順利治療了傷患而被認可入團。

另一方面，只被說教而在最後連一下都沒打中的艾爾文又如何呢？

「艾爾文大人嗎？當然合格喔。反倒該說如果你沒合格，這裡的所有人應該都沒資格進入騎士團吧。」

就是這樣。

總覺得很感謝卻又不想感謝。

艾爾文感受著五味雜陳的心情，就這麼成為騎士團的一員。

然後，艾爾文結束在學園的第一天返家，現在正為了消除疲勞，而在公爵家的浴場泡在浴池裡放鬆。

「哈呼……」

今天是眼花撩亂的一天。

多虧這樣，感覺比平常累積了更多疲勞。所以像這樣泡進熱水的瞬間會覺得美妙無比，不過再也不想做任何事了。這是他發自內心的感想。

「累死了～」

大浴場裡沒有幫忙刷背的傭人，也沒有溺愛弟弟的吵鬧姊姊。

蒸氣瀰漫，視野變得模糊，不過聽聲音就知道這裡確實只有艾爾文一人。

（總覺得因為姊姊的關係，所以發生了各式各樣的事情。）

首先是認識了蘇菲雅。

入學典禮時，姊姊開始炫耀弟弟。

在第一次上課的時候，姊姊闖進來開始炫耀弟弟。

在入團測驗因為被姊姊脅迫而不得不拿出真本事。

從結論來說全都是姊姊的錯。

（受不了，姊姊還真是令我傷腦筋……）

原本明明應該是一邊被人在暗中說壞話，一邊躲在教室角落睡覺，回家之後再睡覺、吃喝玩樂、打發時間的作息循環才對。

如今完全成為注目的焦點，也被安排進入騎士團。

公爵家之恥跑去哪裡了？艾爾文真心覺得受夠了。

（這麼說來，蕾拉說了一件奇怪的事。）

艾爾文泡在浴池裡的時候，忽然想起道別時的對話。

「最近王都的擄人案件好像增加了。」

「這樣啊……是盜賊幹的嗎？」

「沒確認到這種程度。現在王國的騎士團正在搜查，但是目的與犯人都不明。我之所以說是奇妙的傳聞，是因為失蹤的都是年幼的孩子，被大家稱為『神隱』事件。」

鎖定孩童的擄人案件。

案發次數逐漸增加，被抓走的孩子們仍不見蹤影。

目的不明，犯人也不明。因而成為奇妙的傳聞傳開，但是案發場所只限於王都。

（冷靜想想，犯人的據點在王都，老實說可以不必理會，但是旁邊就是公爵領地，視而不見也不太好。）

該怎麼辦呢？

被舒適睡意襲擊的艾爾文，以朦朧的腦袋不經意地思考。

就在這個時候——

「姊姊我來了！」

「滾出去！」

——這樣的聲音響遍浴場。

「小艾好過分！我今天明明也努力了一整天，很累卻不能洗澡，不覺得這樣很過分嗎？」

「不是這樣吧！我覺得過分的是姊姊的大腦跟妳進來的時間！我說過我要先洗吧！」

「嗯，所以我來了！」

「妳這明知故犯的可惡傢伙！去把少女的嬌羞跟常識找回來吧，呆子！」

獨處的時間因為家人的闖入受到妨礙。

這種狀況到底該怎麼做？雖說是姊弟，對方卻是沒有血緣關係的美少女。

既然以這樣的關係性為前提，無須多說，各方面會不太妙。

艾爾文分心思考如何打破現狀的時候，不知何時沖好身體的少女慢慢接近。

從蒸氣裡出現女性理想的好身材。

豔麗的頭髮盤在頭頂，開始泛紅的臉頰比平常還要嬌媚。

此等姿色，世間的男性有多麼想要欣賞呢？完美的造型美。世間的男性們肯定會感動又興奮到流鼻血吧。

話雖如此，但對方是姊姊，是親人。

即使看見這樣的倩影，如今也完全沒有感覺——

「小艾，鼻血快要滴到浴池了。」

「唔喔……」

糟糕，興奮的鼻血止不住。

「妳……妳在想什麼啊，姊姊……」

目不轉睛看著姊姊的艾爾文以毛巾擦著鼻血。

榭希兒露出笑容，慢慢坐在艾爾文旁邊。

「咦～我們以前不是會一起洗嗎～」

「這是哪個時代與世界線的事？我們已經是頂天立地的大人嘍！」

「換句話說，這是隨時可以結婚的求婚台詞嗎？」

「可惡！對話完全雞同鴨講！」

榭希兒甚至忘了少女的嬌羞以及兩人間的關係。

弟弟淚如雨下。

「不過，你很高興吧～？姊姊我知道喔！」

「啥！姊姊，妳說這什麼話，我們是姊弟喔。看見自家人圍著浴巾的模樣，有什麼好開心的——」

「你從剛才就老是在看我的胸部。」

「呵……姊姊真擅長誘導視線。看來妳有魔術師的才能。」

「姊姊我什麼都沒做啊……？」

畢竟是男人，這也在所難免。

但是，沒看漏這個反應的榭希兒雙眼發亮，一把將艾爾文抱過來。

「唔呼呼～！小艾對我感興趣，姊姊很高興喔～！」

「哇，哇啊～住手啦～」

「咦，語氣這麼假？你果然很開心吧——」

「住手啊——————————————！」

——後來，兩人自然而然一起和樂融融地洗了大約二十分鐘的澡。

聽傭人說，後來浴場留下了好幾灘血跡。

✦回想～艾爾文與榭希兒～

「她是今天起和我們成為一家人的榭希兒。艾爾文，要跟她和睦相處喔。」

艾爾文迎來新的家人，是大約五年前的事。

起因是父親擔任團長的騎士團裡共事的好友戰死沙場，他的女兒由父親收養。

據說是這名好友最後的心願。

母親早死，親戚是死要錢的人渣。和這種人一起生活將會如何？

艾爾文的父親似乎也早已得知這件事，才演變成現在的狀況。

「我是榭希兒！弟弟，今天起請多指教！」

第一印象是「這個傢伙好吵」。

母親早逝，如今又失去了唯一的至親。

即使如此依然表現出開朗的模樣，看在艾爾文的眼裡只覺得不對勁。

父親的事情一點都無所謂嗎？沒什麼情緒上的起伏嗎？

雖然心裡這麼想，不過從當時就立志享受墮落生活的艾爾文覺得「總之適度應付吧」，不太關心榭希兒的事。

——後來，榭希兒動不動就來找艾爾文。

趁學習和鍛鍊劍術的空檔跑來找他。

原本擅長的劍術，在她來到公爵家之後也開始充分接受指導，有了顯著的成長。

看一眼就知道她擁有才能。恐怕在同年代之間幾乎無人能敵吧。

但她完全沒展現驕傲的模樣。

對艾爾文，對新的父親與母親，以及對傭人都不會這樣。

開朗又常保笑容的好孩子。

這樣的認知逐漸傳開。

多虧這樣，所以艾爾文以外的人們立刻接納了榭希兒，對她抱持好感。

「小艾，你在做什麼～？要不要一起出去晃晃？」

「不要。榭希兒小姐，不要打擾我。」

艾爾文為什麼無法喜歡榭希兒？

因為外人成為了家人？因為經常跑來找他？

不對，妳這傢伙的家人死掉了吧？為什麼可以一直這樣嘻皮笑臉？

……是基於這種孩子氣的理由。

不過，這份認知在一年後瓦解了。

某天，睡不著的艾爾文忽然想到外面吹個晚風。

房間沒有陽台，所以必須先走到戶外才行。

然後——

「嗚……嗚……爸爸……！」

他發現榭希兒抱膝坐在庭院長椅哭泣。

平常笑得那麼開朗的她，以彷彿隨時會崩潰的身影與嗚咽，一個人寂寞地沉入夜色中。

（啊啊……這是當然的吧。）

不是冷血之類的原因。

單純只是在逞強。

仔細想想就知道這是天經地義的事吧。

她是和艾爾文差不多大的女生，依然是個孩子。

這樣的孩子在小時候就失去雙親，被扔進一個新的環境，不可能笑得逍遙自在。

但是如果不笑，就有可能被新的環境淘汰。

因為沒有任何人站在她那邊。

艾爾文的內心深處湧出罪惡感。

我不是溫柔的人。只想過墮落的生活，無論周圍怎麼樣，只要我不在乎就完全無所謂。

但是，只在這個時候——

「咦……小艾……？」

艾爾文坐在哭泣的榭希兒身旁。

看見艾爾文突然出現，榭希兒吃了一驚，連忙拭去眼角的淚水。

「對……對不起！姊姊我在這裡會造成困擾吧……哎呀～被看見丟臉的一面了……我現在就去其他地方喔。」

榭希兒拭去滿溢的淚水準備就此起身。

但是艾爾文在前一剎那抓住榭希兒的手。

「不用啦，沒關係。」

「咦……？」

「因為這裡已經是姊姊的歸宿了。」

艾爾文語氣冷淡，將手肘撐在膝蓋上托著臉。

看著這樣的他，榭希兒戰戰兢兢地重新坐下。

「對不起，至今我都沒試著認識姊姊。」

根本連看都不想看。

自覺是個無情的傢伙，甚至曾經朝她投以輕蔑的視線。所以如今像這樣轉變心態，艾爾文知道簡直令人嗤之以鼻。

對此感到愧疚，卻無法率直說出口，因此以不同於話語，有點冷淡的低沉聲音開口。

然而──

「有我在身邊。」

「…………唔！」

「從今以後，我會陪在姊姊身邊。」

這句話聽在榭希兒耳裡是什麼感覺？

榭希兒只在瞬間露出錯愕的表情，淚水卻立刻再度奪眶而出。

「可以嗎？我不是真正的家人啊……？」

「無論誰怎麼說，妳都是家人喔。」

「可、可是──」

「沒什麼好可是的。」

艾爾文溫柔地撫摸榭希兒的頭。

「姊姊已經是我們的家人了。」

聽到這句話的榭希兒顫抖著嘴角微微一笑。

忍著一旦碰觸似乎就會決堤的盈眶淚水。

不過，她絕對不是在逼自己逞強。

只是想在最後說出這句話——

「這樣啊……我好開心，原來有人……站在我這邊……」

——應該是從那個時候開始的吧。

艾爾文的意識出現明確的變化。

只要自己好就好……這種心態不復存在。

我有想要保護的人了。

這個想法像是楔子般深植於內心深處。

◆◆◆

（作了好懷念的夢。）

大家都熟睡的不久之後。

在預定時間清醒的艾爾文稍微沉浸在感傷之中。

在腦海浮現的是懷念的昔日記憶。

是初識榭希兒之後，自己的某個東西改變的瞬間。
「呼嘿嘿……小艾……」
身旁傳來這樣的聲音。
看來不知何時又鑽進自己的被窩了。
（唉……說真的，為什麼在那之後變得這麼迷戀弟弟啊。）
艾爾文撐起身子，小心翼翼地將緊抱他手臂的榭希兒拉開以免吵醒她。
容貌標緻也令人傷腦筋。雖說是家人，但是這麼毫無防備的模樣只能說對眼睛有害，心臟像是被打入釘子。
話是這麼說，和這位姊姊也相處很久了——內心某處只覺得拿她沒轍。
（……那麼，為了不遲到就快點出發吧。）
艾爾文下床之後，從衣櫃拿出方便行動的外出服。
自己的衣櫃不知為何有連身裙或洋裝之類的女用便服，但是艾爾文苦笑著當作沒看見。
換好衣服之後，這次則是將窗戶完全打開後踩在窗框上。
「…………」
艾爾文瞥向榭希兒毫無防備的睡臉。
昔日的光景忽然再度浮現腦海。

「這樣啊……我好開心，原來有人……站在我這邊……」
或許是因為這樣，所以艾爾文在最後露出了微笑。
「放心，姊姊由我來保護。」
艾爾文輕聲說完後，從窗戶跳下去離開房間。
因此——
「我知道啦……笨蛋。」
將通紅的臉埋進床單的榭希兒沒能將這句話傳達給他。

神隱

跳出房間的艾爾文就這麼穿越公爵家的腹地。

但是門口附近與周圍有僱用的衛兵，所以他一邊提防巡邏人員，一邊跳過柵欄溜出去。

離開宅邸的艾爾文立刻消失在附近的小巷。

穿過這條小巷之後，路邊停著一輛小小的馬車。

艾爾文輕敲馬車數次，沒確認內部就打開車門。

「以墮落的人來說還真準時耶。」

「就算是墮落的人也會遵守約定喔，這件事給妳當成今後的參考。」

馬車裡的人是蕾拉。

看來這輛馬車是蕾拉準備的。

知道這一點的艾爾文為求謹慎先脫掉外套，然後進入馬車坐下。

配合他坐下的時間點，馬車慢慢起步。

「真難得，蕾拉居然說要一起去。明明以往總是只提供情報就結束了。」

「要是讓你一個人去，你應該會想用跑的去王都吧。正因為知道這一點才幫你準備了馬車，真希望你感謝我一下。」

「好的好的，謝謝～好可愛好可愛。」

兩人同時發出「啊哈哈哈」的笑聲。

「……最後那句話我聽了不太高興，你覺得我應該怎麼做？」

「我覺得應該先放過我的肩膀。」

艾爾文絲毫沒大意，穩穩抓住蕾拉伸過來的手。

要是再慢上一點，肩關節就又要出事了。

「總之你是個失禮的人，事到如今也不必強調這種事了。」

「喂，艾爾文我這麼純真無暇彬彬有禮，妳居然說這種話——」

「終究是嚴重到聞之色變的事件喔。我想就算去找也無法立刻找到『神隱』的犯人。」

艾爾文他們現在前往王都，是為了調查在王都屢次發生的擄人案件。

原因與犯人不明，只對孩童下手的案件。

像這樣在晚上出發，也是為了避免被公爵家的人察覺。

行動一旦敗露，艾爾文立刻就會被帶回家。

「這是兩回事。不安的要素會妨礙睡眠。妳知道嗎？品質不好的睡眠是肌膚的大敵。」

「明明只是擔心那些被抓走的孩子。」

「………」

艾爾文表情僵硬。

「而、而且公爵領地和王都相鄰！所以我也不知道什麼時候會被襲擊——」

「是因為榭希兒大人可能會被抓走吧？」

「不是啦！」

「瞧你拚命否定就更可疑了～」

看見艾爾文臉紅大喊，蕾拉忍不住笑了。

再怎麼說都很溫柔，再怎麼說都很喜歡姊姊。蕾拉因為是老交情所以理解這一點。也正因為知道艾爾文的所有實力與來歷，所以看在眼裡格外可愛又有趣。

「真是的……男生本來就都很愛面子又想耍帥，妳這樣的話會沒人要喔。明明長得這麼漂亮也太可惜了。」

「哎呀，到時候你會負責嗎？」

「我會捧腹大笑給妳看。」

啵嘎♪

「……所以呢？」

「……如果在我繼承家業沒問題的時候過來，我會很高興。」

看著無力搖晃的右手臂，艾爾文乖乖低頭。

要是繼續多說什麼，大概連拉鍊都沒辦法自己拉了。

「這麼說來，記得王國騎士團的人們也在搜索吧？」

艾爾文接回肩膀之後發問。

「嗯，現在好像正致力於處理這個案件，但是犯人以及被抓走的人都沒找到，所以我們就算沒像這樣扮演祕密英雄的角色，遲早也會以另一個身分被要求幫忙吧。」

「意思是？」

「學園的騎士團也會接下這種委託喔。比方說，在人手不足的時候。所以只是時間的問題吧。」

原來如此。

艾爾文托著下巴靠在馬車窗框這麼說。

「聽妳剛才的說明，父親他們似乎沒想過是黑市商人幹的好事。」

「抓走之後當成奴隸販賣……剛開始好像想過這個可能性，不過被抓走的真的都是孩童。盜賊們要下手的話，肯定會抓年齡大一點的女性。」

「因為不是這樣，所以這個可能性消失了嗎？這麼一來，就是平常不會出現在檯面上的人物曝光了……」

「就是這樣吧。王國的騎士團之所以找不到人，我認為這是一大原因。」

可是……

蕾拉放鬆嘴角。

「現在只知道擄人是在王都夜深人靜的時候進行的。而且是本應在家裡睡覺的孩童消失身影，被抓走的都是金髮的孩子。還有，這應該是連王國騎士團都沒取得的情報……被抓走的孩子肯定都在前一天吃過某間攤販買的零食。」

「……我從以前就在想，妳是怎麼取得這種情報的？」

「呵呵，這是企業機密♪少女擁有多一點祕密比較迷人吧？」

「妳也太相信神祕路線了吧？」

普通的貴族千金是怎麼取得連王國騎士團都沒取得的情報呢？

面對這名洋溢神祕氣息的女性，艾爾文臉頰僵硬。

「……那麼現在時段也剛剛好，我們以金髮孩子為中心監視，等待他們走出來就好？」

「我已經整理好住在王都的金髮孩子的名單了。關於攤販我有試著找過……可惜說來奇怪，這方面完全查不到線索，所以總之先照你說的就好吧。」

「……我的搭檔辦事真的很俐落，我好想向鄰居們炫耀。」

聽到這段話，蕾拉的心情稍微變得高昂。

因為眼前的少年說她是「搭檔」。

知道自己受到依賴，蕾拉隨著馬車的晃動忍不住哼起歌。

抵達王都的艾爾文他們將馬車停在檢查站前方，步行進入王都。

當然，如果有小孩想從檢查崗哨入內的話必然會被攔住。

因此艾爾文在腳底製造冰柱，強行越過環繞王都的外牆。

在這之後，艾爾文他們走遍王都各處。

「唔～……列入名單的孩子目前都在家。」

大概是因為發生了擄人案件，王都難得異常冷清。

在這樣的狀況中，艾爾文從某間住家的屋頂上方探頭窺視內部。

隔著窗戶能看見熟睡孩童的身影。金髮又年幼，和被抓走的人們有相同的外表特徵。

艾爾文他們一開始的行動是「巡視列入名單的孩童家」。

不知道犯人今天會不會出現，也不知道鎖定了哪個孩子。

即使如此，若要查出不知藏身處的犯人，唯一的方法是清查可能被抓走的候補人選。

雖然是土法煉鋼，卻也只有這個選項，所以無從抱怨。

「但是沒被抓走比較好。」

「那當然。只要沒被抓走就是最好的。」

艾爾文朝著從窗戶看見的孩子晃動手指。

接著孩子頭上出現小小的結晶，慢慢落在胸口。

「雖說剛才就看到了，但你那樣是在做什麼？」

「這是印記。這是之前為了查出盜賊團所在地而發明的魔法，不過意外便利。」

對象如果被別人碰觸就會通知魔法士的魔法。

睡覺的時候鮮少會被別人碰觸。如果被抓走肯定會和某人接觸吧。

這樣就會發送訊號給艾爾文。

如果訊號是在早上傳來，能推測應該是和家人接觸，所以不是擄人。訊號在現在這種時段傳來的話就很可能是被抓走了。

只要這樣就可以阻止「巡視之後被抓走」的結果，所以艾爾文一邊巡視一邊留下印記。

如果今晚沒發生任何事，那麼明天再留下印記就好。印記發送一次訊號就會消失，所以很費工夫，但是艾爾文認為總比錯失機會來得好。

順帶一提，這個魔法是為了讓盜賊把艾爾文帶到根據地而發明的。

「哇～你的手真的很巧耶。感覺也很擅長裁縫。」

「別看我這樣，刺繡是我的拿手絕活。每週都會和姊姊舉行一次作品發表會。」
「我只想得到『你們感情很好』這句感想。」
感情很好。只不過是其中一邊太超過了。
「不過，既然變成這種土法煉鋼的作業，和王國騎士團一起行動或許比較快。反正我也不介意提供情報。」
「其實我有件事一直保密至今……我有洩漏實力過敏症。」
「那你已經出現過敏症狀了吧。」
「僅止於學園的話，只要封口就還有救……！」
嘴巴長在別人臉上，堵也堵不住。
這個男的究竟有沒有察覺這點？看著一臉拚命表情的艾爾文，蕾拉露出苦笑。
「好啦，去下一間吧。必須趕快巡視完所有人之後回去，不然你姊姊會擔心的。」
「……姊姊早上起床發現我不在旁邊的話就會單手握劍衝出去，我看得見這個光景。」
「等一下，你們一起睡嗎？」
「這是誤會啦，只不過是她擅自鑽進我的被窩罷了。所以我希望妳可以移開放在我肩膀上的手。」
雙眼黯淡無光的蕾拉將手放在艾爾文肩膀，艾爾文則是搖頭明確表示否定。

這個年紀的姊弟一起睡覺確實很奇怪，不過這個女生為什麼會露出恐怖的表情？艾爾文不禁感到疑惑。

「這麼說來，蘇菲雅也是金髮對吧？」

艾爾文像是忽然想到般這麼說。

「是啊，而且榭希兒大人也是金髮。」

「姊姊很強又有我陪著，所以不必擔心……但是蘇菲雅會令人擔心耶。」

腦海裡浮現的是長相可愛，非常適合露出耀眼笑容的女生。

不同於榭希兒，她是負責後方支援的回復士，沒有防身的技術。

要是被抓走，不知道會遭遇何種下場。光是想像就很恐怖。

「哎，不過她說過是出身於蕾拉的領地，沒住在王都的話就沒問題——」

「她在啊。」

「她在嗎？」

艾爾文不禁被蕾拉的話語嚇了一跳。

一下子變得更加擔心了。

不過看見擔心的艾爾文，蕾拉說著「她不會去攤販光顧，所以放心吧」來安撫他。

確實，蕾拉剛才所提供的可能會被抓走的候補人選名單上，沒有蘇菲雅的名字。

急忙確認名單之後，艾爾文頓時感到安心。

「那孩子現在住在我提供的家。」

「這又是為什麼？」

「因為我偶爾也會回去那個家。難得有機會就會想一起上學對吧？」

「不愧是兒時玩伴。」

「我今天原本也想回到那個家。」

「咦，我呢？」

艾爾文突然被獨自拋下。

「呵呵，開玩笑的。我最近這週有事要在家裡進行，所以會和你一起回去。」

「太好了……不必體會和馬車夫之間的尷尬氣氛真是太好了……」

連續來襲的安心感使得艾爾文鬆了口氣。

和今天初次見面的人浪漫地共度朝陽即將升起的時間，對怕生的靦腆男孩來說很難熬。

「總之不用擔心。至少我們認識的人沒列入候補人選。」

「說得也是，這樣我就安心了。不過就算這麼說，只要有人被鎖定就不能置之不理。」

「……我真的好喜歡你這種個性。」

說完之後，兩人走在夜深人靜的夜路上。

過了不久，艾爾文對所有的候補人選留下印記——但是印記直到早晨都沒消失。

◆◆◆

艾爾文沒能好好接近「神隱」的真相，就這麼迎接第二天的來臨。
大概是因為有在深夜活動，眼皮沉重無比。
在開始上學之前都可以無視升起的太陽一直睡，但現在無法這麼任性。
不只如此，騎士團會在上課之前定期進行晨間訓練。
因此，艾爾文在腦袋沒能運轉的狀況下前往訓練場。
「…………」
「哎呀～今天也是好天氣耶～」
「那、那個……」
「這種日子能讓我多睡一下該有多好～」
「那個，艾爾文先生……」
換上運動服的蘇菲雅戰戰兢兢地發問。
「怎麼了，蘇菲雅？」

「不……那個……」

在腦袋遲遲沒在運轉的艾爾文眼中，不時瞥過來的蘇菲雅彷彿就像天使。

現在是在訓練場等待所有人到齊的狀態。

因為閒著沒事做，所以更容易忍不住「呵啊～」地打呵欠。

面對這樣的艾爾文，蘇菲雅——

「您為什麼穿著睡衣……？」

聽她這麼一說，艾爾文將視線落在自己的衣服上。

確實是和蘇菲雅與其他騎士見習生不同的服裝。即使意識朦朧也理解到自己的服裝和睡覺時一樣。

「那還用說，當然是因為我睡醒就在訓練場吧。」

「您在訓練場睡覺嗎？」

這件事說來話短，總之就是起不來的艾爾文和上次一樣被榭希兒用馬車載來了。

原本以為途中就會醒來卻沒醒來，不得已只好載到訓練場以免遲到。

這就是艾爾文身穿睡衣的真相。

「蘇菲雅，我知道妳在擔心什麼。」

「說、說得也是……那個，大家差不多要來集合了，所以要換衣服——」

「不過這套睡衣滿時尚的，所以我覺得不會丟臉。」

「是您穿來的場所很丟臉啦！」

沒人在擔心服裝本身。

「小艾～」

此時，榭希兒掛著滿臉笑容來到正在訓練場一角等待的兩人面前。

她雙手抱著似乎是全新的運動服，很容易就能想到這是要給艾爾文換上的。

「不可以喔，小艾。要好好換衣服才行喔。」

「這也沒辦法吧，因為我醒來就在訓練場的正中央了。」

「睡得舒服嗎？姊姊我沒能連床單一起搬上車，所以很擔心你的睡眠。」

「姊姊有把枕頭一起帶來，所以沒問題喔。」

「我覺得充滿了問題吧……」

這句話中肯至極。

「不提這個，差不多要開始了所以得換衣服才行！你穿這樣果然還是會被小莉罵的。」

「好的，知道了。上次的說教在我腦海裡復甦了。」

「啊，姊姊也來幫你——」

「光是幫忙拿衣服過來我就很開心了，謝謝！」

榭希兒正要朝著睡褲伸手時，艾爾文在千鈞一髮之際制止了。
對於這個姊姊真的不能掉以輕心……艾爾文如此心想。
「總……總之我要換衣服了……！」
艾爾文像是要逃離依依不捨的榭希兒般離開訓練場。
幸好有男子更衣室。至今從來沒有這麼感謝男女有別。
艾爾文立刻進入更衣室換好衣服，再度回到訓練場。
接著，他在視野一角看見正在持續繞著訓練場跑步的騎士團。
艾爾文心想「來晚了」，連忙混入慢跑中的眾人開始跑步。
「騎士團～！」
「「「「加，油！加，油！」」」」
「騎士團～！」
「「「「加，油！加，油！」」」」
晨間訓練的時間很短，所以訓練內容也能在比較短的時間內完成。
從慢跑開始，接著是重訓以及空揮武器。一直持續到開始上課的二十分鐘前。
現在是慢跑時間。
不只是榭希兒，加上後來會合的莉潔洛緹與副團長路易斯，正在訓練場的入口附近討論事情。大概是在擬定今後的計畫吧。

就這麼持續跑了三十分鐘的艾爾文，忿恨不平地瞪著三人的模樣。

「為、為什麼我要做這種事……我覺得墮落的人生絕對不需要慢跑吧！」

「吁……吁……一起加油吧，艾爾文……先生……」

「加油！真的要加油啊蘇菲雅！」

艾爾文一邊跑一邊緊咬嘴唇，蘇菲雅像是很痛苦般氣喘吁吁。

新進團員各自基於不同的意義感到艱辛。

「這麼說來，為什麼連蘇菲雅也要一起跑？妳是回復士，應該不用跑吧？」

「就算是回復士也需要體力喔。為了以防萬一，而且我們這裡在這方面是平等對待。」

跑在一旁的蕾拉攙扶著蘇菲雅如此回答。

綁在後方的紅髮以及頸子冒出的汗珠隱約吸引著視線。美人真的是內心的綠洲耶……艾爾文頻頻瞥向旁邊如此心想。

「好了，蘇菲雅，還有十圈所以加油吧。」

「好、好的……」

而且蘇菲雅拚命跑步的身影也很可愛。

上下搖晃的果實也令人想要扶持。

「艾爾文先生，接下來的口號換你喊喔！」
一名騎士見習生向一臉色瞇瞇的艾爾文搭話。
「口號？『騎士團～』的那個嗎？」
「並不需要固定喊騎士團，只要代表大家喊出可以提起幹勁的話語就好。」
「原來如此。」
既然這樣的話……
艾爾文深深吸口氣，配合踏步的時間點大喊。
「波霸～！」
「「「「大，奶！大，奶——！」」」」
「等一下。」
只喊一次就被制止了。
「你在胡鬧嗎？」
「沒在，胡鬧……！因為……要能提起……幹勁……所以……不要往我的，太陽穴……捏下去……！」
蕾拉自艾爾文的太陽穴放開手，「唉」地嘆了口氣。
另一方面，拚命跑步的蘇菲雅似乎沒聽到這句性騷擾的口號。

不足的體力幫忙擋下了猥褻的話語，真是太好了。

「接下來要好好喊喔。」

「交給我吧。」

這次要認真來過。如此心想的艾爾文深深吸了口氣，再度配合踏步的時間點大喊。

「想上床——」

「啥？」

「不對……剛才那是……口誤……！」

艾爾文從失敗中學不到任何教訓。

「……接下來要好好喊喔。」

「接下來我會好好回應您的期待。」

太陽穴紅腫充血的艾爾文露出正經八百的表情豎起大拇指。

即使看見這個反應也完全沒有能夠安心的感覺，真是不可思議。

無視於表情不安的蕾拉，艾爾文放聲大喊。

「想脫單～！」

「「「「真的！真的——！」」」」

「想放閃～！」

「「「「真的！真的——！」」」」

為什麼這裡的成員盡是這種傢伙？

身為極少數女生的蕾拉看著眾人的蠢樣，再度長嘆了一口氣。

◆◆◆

「初次見面！我是盧森伯爵家的次子——」

「記得我們之前在宴會上見過面嗎？」

「方便的話，請蒞臨我家一趟——」

諸如此類。

在晨間訓練結束，上完好幾節課的短暫休息時間。

艾爾文的座位旁邊被各式各樣的學生圍繞。

大概是大家終於決定要和艾爾文說話吧。

今年的新生之中沒有王室的人。實際上，年齡最相近的是第二公主莉潔洛緹。雖然王室還有其他的王子和公主，在同年級之中卻沒有。

排名前四的公爵家成員，在同年級裡也只有艾爾文一人。

因此，雖然艾爾文實質上沒有繼承家業，卻是該學年爵位最高的人。
他展現了足以消除「公爵家之恥」這個昔日傳聞的實力。同學們原本因為在慌張之下保持距離而不敢接觸，但是經過一天就變成現在這樣了。
艾爾文感到不耐煩，所以只是眺望窗外，完全無視眾人。
「那個，艾爾文先生……這樣無視應該不太好吧？」
坐在鄰座連帶被波及的蘇菲雅，受不了這種被夾在中間的狀況而開口。
「沒關係沒關係，這麼明顯的拍馬屁我懶得奉陪。我因為晨間訓練所以累了。明明只想過著怡然自得的墮落生活……」
聽到他這麼說，不只是蘇菲雅，其他聞言的學生們也啞口無言。
話雖如此，但艾爾文這段話是事實。不管從哪個角度來看，眾人的態度都完全是一百八十度大轉變。
見識到這麼明目張膽的態度，艾爾文可沒有溫柔到願意客氣應對，也不會造成朋友的困擾。
「就是這麼回事，所以在蘇菲雅嚇到之前閃邊去吧！」
「那個，既然這樣，起碼下次一起舉辦茶會——」
「詳細說來聽聽吧。」

聽到女學生的聲音，艾爾文立刻做出反應。

這種態度就某方面來說也很明目張膽。

「同學，妳好可愛，妳叫什麼名字？方便的話別說是舉辦茶會，要不要來我家？」

「那、那個……」

艾爾文猛烈的追求讓女學生一副為難的樣子。

然後──

「對了，在這之前可以一起找地方逛逛──」

「嘿！」

「咕噗！」

……艾爾文的意識中斷了。

◆◆◆

「唔……咦，這裡是……？」

艾爾文再度清醒的時候，眼中是一望無際的清澈藍天。

「啊，太好了……您醒了吧！」

接著，可愛美少女的臉蛋像是要遮住藍天般出現了。
為什麼蘇菲雅的臉這麼近？這個距離感覺可以不小心親下去。
這樣的想法支配了整個腦袋。
不只如此，身體傳來的是軟綿綿的草皮觸感，頭部傳來的是柔軟的肌膚，還有——
「我到底……話說回來，我怎麼躺著？」
「對不起！我原本想打頭，卻打錯位置打到脖子……」
脖子殘留著些許痛楚。
「真難得，蘇菲雅居然會打人。看來人類是即使旁觀也會成長的生物。」
「蕾拉小姐說了『要是艾爾文即將勾搭女生就不用客氣打下去』，所以我不由得就拿起鈍器……」
「鈍器……」
即使聆聽也無法理解為什麼會出現這種建議與鈍器。
在不知道原因而埋頭苦思時，蘇菲雅掛著愧疚的表情探頭望了過來。
「啊嗚……您沒生氣嗎？我沒想到居然會用力到打昏您……」
「哈哈，說這什麼話！比起太陽穴被捏或是被家人強行索吻那時候，這種事還算是小意思喔！」

「雖然由我說也不太對，但我覺得你最好生氣一下。」

由於失去了意識，所以這種痛楚還算是小意思。

不提這個，從剛才就享受到的大腿枕的幸福感受比較重要。

艾爾文克制著想要磨蹭蘇菲雅大腿的慾望，總之先為了把握現狀而慢慢起身。

這次映入眼簾的人是打開便當盒的蕾拉。

「出現了，妳這犯人。竟然讓純真無暇的善良天使蘇菲雅學會暴力的大腿枕。不過很謝謝妳。」

「雖然我早就預料到你應該不會那麼有節操……沒想到在我吩咐她的當天就變成這樣。」

「但我希望妳可以愧疚一下好嗎？」

完全沒有反省的神色也挺稀奇的。

「你也要趕快吃午餐，不然就沒時間嘍。」

「唉，為什麼我身邊除了蘇菲雅以外都沒有正經的女生……話說原來已經中午了。」

昏迷之前肯定還有一節課要上才對。

蕾拉說著「來，給你」並遞出便當，艾爾文接過來後開始吃了起來。

「您很自然就吃起蕾拉小姐的便當……這樣可以嗎？」

「咦？這是做給我吃的吧？」

「是啊，那是我親手做的，感到開心吧。」
「唔哇，感謝！蕾拉自己做的料理比我家廚師做的還好吃對吧！」
「……兩位感情真的很好耶。」
蘇菲雅「噗～」地鼓起臉頰。
看到這個反應的兩人將臉湊近說起了悄悄話。
「（天啊那孩子好可愛。為什麼會變成那種表情啊好可愛！）」
「（我也同意很可愛，不愧是我的蘇菲雅。而且看她那個樣子，應該是在羨慕我們的好交情吧。）」
「（天啊，真的好可愛。）」
心花不小心就朵朵開了。
艾爾文摀住嘴巴看著鼓起臉頰的蘇菲雅，眼神閃閃發亮。
就在這個時候——
「哎呀，各位都在啊。」
忽然間，隨著這個聲音傳來踩踏草皮的聲響。
視線朝著聲音傳來的方向一看，是按著隨風飄揚銀髮的莉潔洛緹。
還是一樣美麗。

光是像這樣站著就像是吸引目光的一幅畫。

「方便的話，請問我也可以一起嗎？我也還沒吃午餐。」

「「「請坐請坐。」」」

這種要求不可能拒絕得了。

艾爾文他們異口同聲地爽快答應，為莉潔洛緹準備坐下的空間。

「謝謝。」

為什麼我必須和大人物一起吃飯啊。

自己肯定也是大人物之一的艾爾文歪頭思考著這種事。

（蕾拉的便當……真好吃。）

雖然爵位只是子爵，但是不交給傭人而是親自下廚的貴族千金很罕見。

至今蕾拉給艾爾文吃過好幾次了，但還是一樣美味。

將來應該會是優秀的新娘候補吧……艾爾文無視坐在正對面的莉潔洛緹，繼續默默吃著便當。

「莉潔洛緹大人，今天也是風和日麗……」

「呵呵，不用這麼畢恭畢敬沒關係的。我意外不擅長面對這種拘謹的態度。」

「啊嗚……這樣啊。」

怎麼辦？蘇菲雅朝艾爾文投以這樣的視線。

既然被女生求助就非得回應才行。

艾爾文將塞滿臉頰的沙拉吞下肚，然後終於開口。

「多多指教嘍，小莉☆」

啪咕♪

「……請您多多指教，莉潔洛緹大人。」

「艾爾文大人也是，肩膀不必這麼用力沒關係的。」

但我的肩膀沒辦法用力了，這到底是怎麼回事？

艾爾文看向坐在身旁的蕾拉歪過腦袋。

「終究裝熟過頭了喔。莉潔洛緹大人好歹是公主，也是我們的團長。」

「因為她說不擅長面對這種拘謹的態度啊。蕾拉妳想想，無關於家世背景，我和妳也是這種感覺吧？」

「因為我們感情很好啊。」

「說得也是，感情好到都可以拆我的肩膀關節了。」

基準是肩膀也很有趣。

看著兩人這樣的互動，莉潔洛緹忍不住笑了。

「兩位感情真的很好耶。」
「沒錯沒錯！我也和他們兩位感情很好！」
蘇菲雅迅速舉手開始強調自己。
這個舉動非常可愛，旁觀的艾爾文感到一陣暖意。
「哎呀，是這樣嗎？雖然入團至今才兩天，不過看你們似乎建立起良好的關係，身為前輩我也放心了。」
「這麼說來，莉潔洛緹大人為什麼獨自來到這裡？您是公主大人，正常來說不是會被拍馬屁的蟲子簇擁嗎……」
「艾爾文先生，您這種說法是『不乖』喔！」
「恕我失敬了。我腦中無論如何都會出現昏迷前的光景……」
「我不太喜歡這種事。」
莉潔洛緹一邊打開便當一邊這麼說。
「我理解你的想法，不過至少在學園的時候，我想當一個普通的女孩子。因為這種事等我畢業之後，應該會體驗到厭煩吧。」
「我非常能理解您的心情。」
「所以正如艾爾文大人以及各位所知，我坐上團長位子的這件事沒有公開。多餘的頭銜是不需要的裝飾。所以這種事全部交給榭希兒了。那孩子的個性比我更受眾人喜愛，所以現在應該也被各式各樣的人簇擁著喔？」

從第二公主的立場上來說，想和她建立交情的人比比皆是。

話雖如此，為什麼連現在這樣在當學生的時候，都要體驗到這種拘謹的感覺呢？

莉潔洛緹平常就這麼想，說來抱歉，接近她的人自然就減少了。

相對的，身為公爵千金又是副團長的榭希兒就遭殃了，但是雙方在這方面都已經接受了，所以不成問題。

「哇～公主大人也很辛苦耶。要不要乾脆像我這樣豁出去享受墮落的生活呢？不過代價是會被稱為『恥辱』就是了。」

「艾爾文先生才不是什麼恥辱！是很了不起的人！」

「蘇菲雅好溫柔耶……」

「欸嘿嘿！」

被艾爾文摸頭的蘇菲雅看起來很開心。

簡直是兄妹。

「我一度嚮往過喔……不過，我終究也沒有這麼討厭自己的立場喔。而且——」

莉潔洛緹露出暗藏玄機的笑容。

「我也覺得艾爾文大人的傳聞似乎和事實不符。」
「不，這種事——」
「可以和我打成平分秋色的人不可能是什麼恥辱喔。」
因為她對自己這麼有自信嗎？
被稱為學園最強的少女繼續說了下去。
「實力至上主義……我不想拿這種字眼說嘴。不過事實上，很多事情可以靠實力解決。所以你的這份才能應該不會被瞧不起。」
「…………」
「而且我覺得你還沒拿出真本事。我也還不能亮出所有底牌，所以光是這樣就夠了。但是直到目睹你的實力前都不相信的我，不應該說這種話吧。」
如此說道的莉潔洛緹露出苦笑。
看著這樣的她，艾爾文有一種像是害臊又像是嫌麻煩的神奇感受。
「總之，這個話題就此打住吧。難得和新進團員與蕾拉一起吃午餐，我想聊更開朗的話題。」
「我知道了。那麼來聊聊三圍——」
「我會毀掉喔。」

「無論是哪個部位，應該都會對人體造成影響……！」

輕率的發言似乎攸關性命安危。

「這麼說來，下週是榭希兒的生日吧。」

「……啊！我都忘了！」

聽到莉潔洛緹這句話，艾爾文不由得站了起來。

看見這樣的艾爾文，蕾拉與蘇菲雅歪著頭。

「艾爾文，怎麼了？」

「……兩位，我有一個很重要的請求。」

「『很重要』還真多耶。」

「感覺是非常重要的事情……！」

兩人緊張地注視著艾爾文。

然後，艾爾文向兩人嚴肅開口——

「可以陪我一起選姊姊的生日禮物嗎？我還沒選好所以陷入危機了！」

◆◆◆

榭希兒的生日快到了。

因為最近匆忙度日而忘記這件事的艾爾文，請兩名好友幫忙挑選禮物。

凡事都是打鐵要趁熱。

因此艾爾文拜託兩人在今天訓練結束之後一起在王都尋找禮物。

感覺很可能跟來的姊姊說「對不起，今天校長找我過去！」就立刻離開艾爾文身邊，真是幫了大忙。

形式上姑且是要給她驚喜。要是一如往常一起回家就毫無驚喜可言。

「嗯～好久沒來王都了耶～」

艾爾文用力伸了一個懶腰。

放眼望去是人山人海的街景。攤販井然有序，充滿活力的聲音在耳際響起。

在紅磚建築物那邊能看見服裝店或珠寶店這種稍微高級的店，是具體呈現「任君挑選」這四個字的景色。

艾爾文居住的公爵領地也相當繁榮，但還是比不上王都。

畢竟是這個國家的中心，因此商人會從各地集結。

「學園也在王都，所以你不是每天都會來嗎？」

「嘖嘖嘖，我只是在說觀光的意思喔，不要挑我語病。」
站在身旁的蕾拉輕哼一聲。
「艾爾文先生，首先要去哪裡呢？」
另一邊則是眼神閃亮的蘇菲雅。
能明顯感覺她樂不可支，真可愛。
「蘇菲雅，妳看起來好高興。妳住在這裡所以應該沒這麼稀奇吧？」
「沒那回事喔。因為我是最近才開始住在王都，沒機會慢慢逛！」
「這樣啊。」
「而且蕾拉小姐不知為何不讓我外出……」
「我發現妳被好友軟禁的震撼事實了。」
蘇菲雅稍微朝著蕾拉鼓起臉頰。
蕾拉見狀回應「這也沒辦法吧」並聳了聳肩。
「你們也知道最近治安不好吧？所以在事件平息之前要避免外出才行。何況蘇菲雅是回復士，沒有護身的技術。」
「嗚嗚……是沒錯啦……」
「而且讓妳一個人在外面走會迷路吧？」

「不會啦！我已經不是小孩子了！」

「還說這種話，當時讓妳一個人去學園之後……妳記得發生了什麼事嗎？」

發生了什麼事？

艾爾文相當在意而豎起耳朵。

「……受到衛兵先生的關照了。」

「當時被叫去檢查站的我也有點不好意思。」

居然不是帶路而是保護……不知為何連聽的人都不好意思了。

「總、總之！過去的事情就忘了吧！今天是要去買榭希兒小姐的生日禮物！」

說完之後，害羞到滿臉通紅的蘇菲雅走到了前方。

聽過迷路事蹟的艾爾文暗中決定「絕對要好好盯著她」隨後跟上。

「話說回來還真是稀奇。」

「什麼事？」

「你居然親自去買禮物。感覺你會說『很麻煩』然後交給傭人處理。」

「如果不是我直接挑選的禮物，姊姊的心情會變得很差。」

「……很輕易就能想像。」

正因如此，所以艾爾文必須直接為她挑選禮物。

雖然確實很麻煩，但是難得的生日也不必害她心情不好吧……如此心想的艾爾文每年都會仔細挑選禮物。

話是這麼說，但也會像這次一樣找人幫忙。

「還有，我覺得可以的話能查到那間攤販的情報最好。」

「啊啊，原來如此。」

蕾拉取得的情報。

被抓走的孩童都吃過某個攤販的零食。

既然是王都的孩童被抓走，很可能是王都的攤販。

艾爾文曾在夜晚行動，不過以時段來說攤販也都收攤了，所以這次是絕佳的尋找機會。

（而且為什麼明明有孩童在攤販買零食吃的情報，卻沒有這間攤販的情報……）

他當然不認為蕾拉會刻意隱瞞。

有可能是旁人曾經說了「看過買完零食的孩童」。

既然孩童是在徒步範圍內購買零食，那就只可能是攤販。

換句話說情報只查到這裡，沒有任何人直接看過那間攤販。

所以——

「總之，我不認為可以輕易找到就是了……」

「最好的方法果然是沿著被抓走的孩童蹤跡尋找嗎？」

「雖然是土法煉鋼，但我認為比起在這裡找出沒人找得到的攤販好太多了。可是這麼一來就要等待有人被抓走再行動……我不太想這麼做。」

「有一句話叫做『必要的犧牲』喔。」

「我就是因為不希望有人犧牲才在努力吧？」

蕾拉以「你人真好」回應並露出甜美的笑容。

雖然嘴裡這麼說，但蕾拉也有幫忙，所以艾爾文認為蕾拉人也一樣好。

「話說回來，艾爾文先生想送什麼樣的禮物呢？」

一無所知的蘇菲雅向後轉身詢問。

「唔～……坦白說我還沒決定。」

「既然這樣，我有一個好點子。」

「喔喔，不愧是可靠的搭檔！」

立刻提出方案的蕾拉令艾爾文眼神閃亮。

然後，承受這雙期待眼神的蕾拉得意洋洋地開口。

「首先準備包裝禮物用的緞帶。」

「嗯嗯。」

「然後包在你身上。」
「嗯嗯。」
「就這麼送給榭希兒大人。」
「妳這傢伙，偏偏朝著這個禁忌（禮物）出手嗎！」
不過榭希兒確實會非常歡迎又開心吧。
到時候恐怕會在家庭內部造成巨大的裂痕，還會犧牲一名少年。
「可是，只要是艾爾文先生挑的禮物，我覺得榭希兒小姐無論收到什麼都會高興吧。」
「確實……去年送她內衣的時候也很高興。」
「你選這什麼禮物啊。」
「順帶一提，她高興得不得了。」
「我最近愈來愈不懂榭希兒小姐了……」
半開玩笑地送出禮物的當天，她就只穿了那套內衣跑來床上的事就保密吧。艾爾文如此心想。
「所以今年我想挑普通的禮物。」
「這、這麼做比較好！」
「那就快點找間店進去吧。要閒逛應該也不用選在這種地方。」

說完之後，三人走在王都的人群中。

要選什麼呢……思考這個問題走著的時候，發現了一間服飾店。

好奇的艾爾文首先進入這間店，蕾拉與蘇菲雅也追著他進了店裡。

各自深感興趣環視店內的時候，艾爾文開口——

「去年是內衣，所以這次我想送泳裝。」

「總之你去死吧。」

「不然今年也送內衣……！」

「為什麼都在找布料面積少的衣物？」

店裡除了艾爾文拚命主張的內衣與泳裝，還有各種衣物，甚至有社交場合穿的禮服。

櫥窗與架上展示的每套衣服，都只能形容為看起來很高級。

是俗稱的貴族專用店。

「可是，我這種人進入這種場所沒問題嗎……？每一件看起來都很貴。」

蘇菲雅不自在地東張西望環視店內。

這間是高級店，所以客人也少。像這樣邊逛邊買的客人應該很稀奇吧。

因為大多是由顧客向店員提出要求，然後個別量身挑選。

不過這次主要是「由艾爾文自己挑選」，所以決定婉拒店員的介紹，自己在店裡逛。

「沒問題沒問題，只要是顧客，在哪裡都不會格格不入。不然就買妳喜歡的衣服也沒關係喔。」

「咦？」

「用不著驚訝，我好歹也是公爵家的人啊。就當成今天的謝禮吧。」

艾爾文這麼說著，但蘇菲雅拚命用力搖頭想要拒絕。

對於蘇菲雅這個平民來說，這種高級衣物光是拿在手上就倍感惶恐吧。

買一套高價衣物對於艾爾文的錢包來說完全不痛不癢，不過看在蘇菲雅眼裡似乎不是這種問題。

「我早就料到妳會是這種反應了——就是這麼回事，蕾拉。」

「交給我吧。我會挑選適合蘇菲雅的衣服。」

「然後我會負起責任買下來。」

「不用負什麼責任也沒關係啦！」

反倒是至少讓我盡這點心意吧。如此心想的艾爾文無視握拳頻頻敲著他胸口的蘇菲雅。

「蕾拉也是，買妳喜歡的衣服吧。畢竟總是受妳照顧了。」

「我、我的話，那個……雖然很感謝，但是可以的話希望你幫我選。」

和蘇菲雅不同，看來蕾拉想要收下艾爾文的謝禮。

話雖如此，但是看她紅著臉又稍微忸怩的模樣，似乎也有另一方面的要求。

「唔～我沒什麼品味喔。」

「只、只要是你選的都好……」

「如果是內衣我就有自信了。」

「要是你送我那個，我果然還是不知道該作何反應。」

光是沒表現出厭惡就覺得她十分偉大了。

「總之，兩位的禮物晚點再說……先挑選姊姊的禮物吧。飾品類的至今送過很多，所以今年我決定送衣服……」

不過服裝也有各種類型。

逛過店內就知道，要在其中挑選適合榭希兒的衣服感覺很費力。

艾爾文看著附近的櫥窗，獨自發出「唔～」的聲音。

「榭希兒小姐很漂亮，感覺穿什麼都很合適！」

「說起來，要買衣服是沒問題，但是你知道尺寸嗎？要是太寬鬆或是太小件會很困擾吧？」

「包在我身上，姊姊身高一百五十九公分，體重四十九公斤，胸圍八十公分，腰圍是——」

「為什麼知道得這麼清楚？」
「不……居然用，拳頭，打眼睛……這不是……可以毀掉的……！」
眼睛無論如何都不是可以毀掉的東西。
「艾爾文先生，這件您覺得如何！」
艾爾文眼睛被打的時候，蘇菲雅正拿起附近的一件白色連身裙給他看。
「嗯……姊姊只要不說話就很有氣質也很文雅。那麼將清純的一面發揮得淋漓盡致的衣服肯定沒錯。美麗的金髮應該很適合搭配令人聯想到月亮與雪的白色吧。很容易就能想像手上抱著滿滿的花束，背景是向日葵花田的這種光景，姊姊穿上這套肯定美得像幅畫。」
「你真的很喜歡榭希兒大人耶。」
「沒這回事。」
蕾拉賞了他一個白眼。
即使如此，艾爾文依然凝視著這件連身裙專心研究。
「機會難得，要不要用飾品點綴禮服？榭希兒大人應該會經常在社交場合露面，無論是宴會用還是茶會用，貴族千金肯定都會開心的。」
這次是蕾拉這麼說，將附近展示的以黑色飾品點綴的禮服拿給艾爾文看。
艾爾文也將手放在下巴開始研究這套禮服。

「原來如此，這是很好的選擇。一反平常開朗可愛的模樣，姊姊擁有成熟的容貌。有深度的黑色肯定能極致發揮她的容貌。不只如此，這個俏皮的飾品也是很好的亮點。這樣就可以搭配平常展露的開朗笑容成為不錯的反差。彷彿是能脫胎換骨成為美麗公主或天使的魔法禮服。要說是為了美麗又可愛的姊姊而存在的禮服也不為過。」

「呵呵，艾爾文先生果然很喜歡姊姊耶。」

「沒這回事。」

即使嘴上這麼說，艾爾文依然認真挑選著。

這副模樣不管怎麼看都是非常喜歡姊姊的弟弟，只能說他正在為了姊姊拚命挑選。

如果其實不喜歡姊姊，別想太多隨便買一件就好。

既然沒這麼做，那麼換句話說——

（（艾爾文（先生）真的好可愛……））

一點都不老實。如此心想的蕾拉與蘇菲雅以會心一笑的眼神看著艾爾文。

結果艾爾文決定購買兩人推薦的禮服與連身裙。

雖然苦惱了很久，不過仔細想想，兩件都買下來當成禮物就好。

錢的話因為平常懶散度日所以存了很多。事到如今也不會為了自己而揮霍。

不只如此，他也決定購買蕾拉與蘇菲雅的衣服。

當然了，拚命婉拒的蘇菲雅是由蕾拉挑選，臉紅的蕾拉則是由艾爾文精心挑選。

然後回過神來，太陽已經完全下山了。

攤販與商店都在準備打烊，走在路上看見的喧囂不知何時消失了。

「那麼，我把選好的衣服拿去結帳。」

「你要怎麼回去？」

「我家的馬車預定會在指定的時間過來。妳們呢？」

「蘇菲雅和我會直接回去王都的家，所以不需要馬車。」

「說得也是。」

很晚了所以送她們一程吧……艾爾文如此心想，不過這時候說「我送妳們吧」恐怕會被婉拒。

畢竟雖說王都裡有父母的住處，但艾爾文要回去公爵領地，路程最遠的是他。

而且她們兩人一起走的話就可以放心。蕾拉擁有自衛的技術，家也在附近。

過度的擔心只會讓對方為難。

「這種時候，如果有什麼瞬間移動的法術就可以安心了，這樣比較好……」

「有是有啦，不過我記得那是禁術吧？」

「咦？禁術是什麼？」

大概是眼皮開始變得沉重，蘇菲雅此時終於加入對話。

「『禁術』是被全大陸禁止的魔法。既強力又強大，優點在於方便性。雖然性質各有不同，不過有魔法可以輕易改變地形，或是如剛才所說的將物體瞬間傳送到其他的場所。」

「哇～那還真厲害耶……咦？既然這樣為什麼會被禁止呢？」

「因為禁術都會在使用魔法的時候產生代價。可能是自己也可能是別人。所以在禁術普及的古代，據說死了很多魔法士。像是人體某個部位消失或侵蝕其他人一輩子之類的，付出了各式各樣的代價。」

雖然如今被全大陸各國禁止而消失，不過很久以前有段認為禁術才是魔法的時代。

只是這個時代沒有持續太久。

因為所有魔法士都被代價找上門，毀滅了自己或是別人。

正因為認定其危險性，所以昔日的掌權者將「禁術」按照字面解釋為「禁止使用的法術」不准魔法士使用。

「真……真是恐怖的東西耶……」

「現在僅止於留下文獻的程度。何況也有人質疑禁術是否真實存在，所以蘇菲雅不知道也在所難免。」

「連你這個魔法士也這麼想啊。」

「正因為是魔法士才這麼想。愈想愈覺得留在文獻裡的禁術實在不是能操控的玩意。」

蘇菲雅倒抽了一口氣。

居然曾有過這種東西，她明明是魔法士卻不知道。

稍微想像了一下後，不禁背脊發冷。

「哎，聊這種話題也沒有意義，而且差不多該回去了。我現在去付錢，妳們先回去沒關係的。」

「我也要稍微和別人聊聊。」

「咦，和誰？男人？」

「不必吃醋，是我委託分頭調查攤販情報的部下。」

「我……我我我我我我才沒吃醋！沒錯！」

艾爾文像是逃走般回到店內。

然後蕾拉也向蘇菲雅留下「請在這裡等我一下」這句話之後離開。

只有不知道隱情的蘇菲雅被孤單地留在原地。

（啊嗚……大家都不在了。）

蘇菲雅消沉地露出有點寂寞的模樣。

艾爾文與蕾拉應該馬上都會回來吧。只不過獨自被留在籠罩著異常寂靜的夜晚，總是會感到不安。

——就在這個時候。

「小姐，小姐。」

忽然間，背後傳來一道聲音。

轉身一看，該處有個孤零零的攤子，身穿長袍的人影正在向她招手。

奇怪，那種地方剛才有攤販嗎？

即使冒出這個問題，蘇菲雅還是走向朝她招手的攤販。

「怎麼了嗎？」

「哎呀，商品賣剩了一些，可以的話想請小姐收下。」

穿長袍的人這麼說著，遞出了一小袋包裝好的餅乾。

確實，這個時間已經不會有任何人購買了吧。賣剩的話或許必須悲哀地將商品作廢。

而且看起來非常好吃。

「可以嗎？」

「可以的，也不收妳的錢。雖然應該不會馬上壞，不過只有我一個人的話也只會吃不完而扔掉。既然這樣，送給別人吃還比較開心。」

「如果是這樣的話，那我就心懷感激地收下了！」

蘇菲雅將意外收到的餅乾小心翼翼地收進口袋。

然後蘇菲雅用力點頭並背向攤販。剛才蕾拉說「在這裡等」，她心想不可以跑太遠。

但是蘇菲雅有點在意，再度轉身看向攤販。

「呃，咦……？」

然而攤販以及穿長袍的人已經消失無蹤。

明明口袋裡確實傳來裝有美味餅乾的小袋子觸感。

◆◆◆

——隔天。

「呵啊啊啊……好睏。」

「艾爾文先生，您熬夜了嗎？」

「……好想睡。」

「蕾拉小姐居然也這樣，真稀奇耶。」

被通知有事情要宣布，艾爾文等人在晨間訓練之前列隊等待。

蘇菲雅很擔心，但是列隊的艾爾文與蕾拉藏不住呵欠。

「（昨天也毫無收穫，相當吃不消啊……）」

「（連王國的騎士團都掌握不到線索，所以也理所當然……不過確實吃不消。）」

吃不消的是睡意這方面。

艾爾文與蕾拉昨天也在深夜回到王都追查「神隱」的犯人。

但是昨天也沒發生擄人案件，只以白跑一趟做結。

沒人受害是好事。即使如此，已經受害的人還沒回來，所以不能就這麼不了了之。

狀況持續不順心，兩人在束手無策的同時忍著不打呵欠。

就在這個時候。

副團長與團長來訓練場露臉了。

他們站到大家前方，團長莉潔洛緹大喊：

「注意！」

眾人的視線一齊集中過來。

受到注目的莉潔洛緹開口：

「本次，學園向我們發出委託了。內容是關於最近在王都頻繁發生的『神隱』事件。」

終於來了嗎？如此心想的艾爾文與蕾拉都趕走睡意專心聆聽。

「現在王國騎士團正在全力處理，但是這個事件至今還沒解決，逐漸需要進行大規模的搜查。所以隸屬於學園的我們騎士團也要參加搜索。」

「基本上是跟隨在王國騎士團底下著手搜索的形式。和以往不一樣，並不是單獨就能完成的委託，所以比平時更不可以掉以輕心。」

很像是正經的路易斯會說的話。

王國騎士團在騎士見習生的眾人心目中是憧憬，簡單來說就類似於上司。

其中也有像是艾爾文的父親這樣不同於騎士見習生，獲頒爵位的當家。

會特別叮嚀不准犯錯，或許也是理所當然吧。

「從明天起，我們將前往進行『神隱』的搜查。伴隨任務的執行，我已經先把各位分成幾個小組了。」

隨著這句話，確定分組之後的成員如下所示。

・莉潔洛緹組：艾爾文、蕾拉、其他的騎士見習生。
・路易斯組：其他的騎士見習生。
・榭希兒組：蘇菲雅、其他的騎士見習生。

「我有異議！」

榭希兒向身旁的莉潔洛緹提出異議。

總之即使她沒說出來，也知道她想說什麼。

「為什麼我沒有和小艾一組？」

但她說出來了。

「因為妳會擺出這種態度，有什麼問題嗎？」

「這樣的話，我就不能和小艾在王都約會了吧！」

「這正是我這麼分組的理由之一……」

看來這個溺愛弟弟的姊姊已經忘記路易斯剛才說了什麼。

要是就這麼接受要求，榭希兒將會在執行任務的同時享受和弟弟的約會吧。

榭希兒開始鼓起臉頰抗議，莉潔洛緹見狀則是按住自己的頭。

「下次送莉潔洛緹大人一些頭痛藥吧。藥效超強的那種。」

「畢竟自家人闖的禍要好好善後才行。」

「啊哈哈……」

明明平常是可靠又溫柔的崇拜對象，為什麼牽扯到弟弟就會像那樣失去威嚴呢？

蘇菲雅與蕾拉不禁藏不住苦笑。

「話說回來，沒和姊姊同組是好事……和蕾拉一組就是僥倖了。」

「這樣也比較好在各方面進行調查，分享情報也比較容易。在現場蒐集情報果然是最好的方法。」

「感覺蕾拉果然是情報販子耶。」

「我是隨處可見的貴族千金喔。」

是嗎？

艾爾文揚起嘴角一笑。

「我蒐集情報是為了艾爾文你。如果你不需要，我根本不會做這種事。」

對於面帶笑容的艾爾文，蕾拉看都不看就理所當然般這麼說。

「這是基於我當年拯救過妳的恩義嗎？」

「不對，是志氣。為了繼續擔任你的搭檔。」

艾爾文臉上的笑容變了。

但是笑意比剛才加深，能看出他打從心底感到高興。

在一旁聆聽這段對話的蘇菲雅忽然歪過腦袋。

然後暗中向蕾拉說起悄悄話。

「蕾拉小姐，您想待在艾爾文的身邊嗎？」

「嗯，是的……因為艾爾文有姊姊。如果要和榭希兒大人比肩，就一定要保住這個位子才行。」

為何這麼執著於那個位子？

雖然只是不知不覺間，但蘇菲雅隱約掌握原因了。

但蘇菲雅認為這應該也是表面上的原因。

因為蘇菲雅不知道兩人之間曾經發生什麼事。

「話說回來，這次你沒嫌麻煩耶，最近你是不是變得很勤勉了？」

「我不會在別人有難的時候見死不救，我可沒有頹廢到這種程度。」

「話雖如此？」

「平常就讓我好好頹廢吧。」

「想要帥的話就要帥到最後啦，笨蛋。」

不過，這肯定不是壞事。

蘇菲雅在感到羨慕的同時，以會心一笑的眼神看向相視而笑的兩人。

◆◆◆

學園所屬的騎士團擁有一個特權。

就是在執行任務的時候「可以不必上課」。

犧牲下課後或是放假時間就能處理的委託不多。就算這麼說，學園的騎士團對於王國來說是體貼入微的存在，不希望他們拒絕委託。

所以王室和學園交涉，設立了執行任務時免除上課義務的制度。

因此，艾爾文等人隔天沒去上課，就這麼穿著制服前往王都——

「我是王國騎士團第二部隊隊長，洛克斯．阿曼！本次感謝學園所屬騎士見習生們的各位提供助力！」

王都的其中一個檢查站。

在這裡，體格健壯的男性朝著分組後的艾爾文等人大喊。

王國騎士團總共分成五個部隊。

簡單明瞭，數字愈小的部隊據說地位愈高，實力也和數字成反比。

題外話，艾爾文的父親坐上了第一部隊的隊長寶座，被稱為王國首屈一指的騎士。

「怎……怎麼可能……居然沒有女性？」

「我暗中崇拜美女大姊姊的說……！」

「雖然有點晚了，但我將來唯獨不想進入第二部隊。」

看見這次領導的部隊，騎士見習生們別說專注聆聽，甚至開始消沉起來。

很擔心他們將來是否能好好成為騎士。

「免除上課義務真棒耶。雖然我不喜歡活動身體，不過只有這部分我就給個讚並給予高評價吧。」

「喂，艾爾文。」

艾爾文輕聲抱怨，蕾拉則以手肘輕戳他的側腹。

只要沒牽扯到艾爾文都屬於正常人的她似乎想要好好表現。

「關於委託的內容應該聽莉潔洛緹大人說過了，這次想要請你們進行的是訪查任務。」

聽到這段話，艾爾文心想「這很正常」便點了點頭。

騎士見習生相較於王國騎士團根本無法成為戰力。雖然多少比普通人好一點，但是如果要積極走到最前線，還不如由站在他們面前的騎士團自己握劍。

而且這次是被稱為「神隱」的擄人案件。

別說犯人的真實身分，連犯罪手法都還沒掌握，所以首先必須擴大範圍部署人員，並向市民們打聽情報。

第二部隊的隊員們今天應該也只會進行訪查。

「話說回來，不是由第一部隊負責真的太好了……」

「為什麼？」

「因為可能會被父親發現……！但我覺得什麼事都不會發生！這可不是在立旗喔！」

如果演變成必須戰鬥的情況就不能放水。

這麼一來，恐怕就得展現自己的實力。

目前艾爾文還是請榭希兒保密完全沒告訴父母的狀態。自己的實力只在學園的極少數人之間傳開就好。

要是被父母發現，他們絕對會要求艾爾文活用實力，停止墮落的生活吧。

「呵呵，我就知道是這麼回事，所以沒把你排在第一部隊底下。」

和蕾拉站在不同側的莉潔洛緹輕聲一笑。

不只如此，成熟的她難得露出這種表情，就像是孩子般可愛。

「莉潔洛緹大人，太了不起了！我會一輩子追隨您！」

「哎呀，這是拐彎抹角在向我求婚嗎？」

「啥？」

「蕾拉，別這樣。剛才那是誤會，而且在這種公眾場合接回左肩會有點丟臉。」

總覺得這不是丟不丟臉的問題。

「第二部隊的搜索範圍是南部以及西部的部分區域。各位應該都知道，訪查的時候要注意避免煽動市民的不安！」

大概是沒聽到這段悄悄話，洛克斯繼續說明。

身為新人而且每晚都獨自活動的艾爾文，不太清楚所謂的「避免煽動」是要拿捏到何種程度。

因此，艾爾文開始冒出「跟著蕾拉走吧」這種依賴他人的想法。

「話說回來，還真是相當大規模的行動耶……記得是那樣吧？這次王國騎士團出動了多達三個部隊吧？」

「是的，除了警備王城的第三部隊，第一、第二與第四部隊負責搜索。所以或許也會見到艾爾文大人的父親。」

「請不要說得讓我想要掉頭就走啦，莉潔洛緹大人……我真的會逃走喔。」

「那麼，我也認真把你抓回來吧。不過到時候艾爾文大人的實力可能會洩漏給周圍。」

「……我知道退路被封鎖了，我會努力的。」

說起來艾爾文根本沒打算落跑，卻重新因為退路被封鎖而噘嘴鬧起彆扭。

這張表情意外地可愛，使蕾拉與莉潔洛緹心兒怦怦跳。

「本次的犯行是摧毀王國幼苗的行為！只要有我們在，就必須讓人民過著幸福的生活！為此一定要平安帶回被抓走的孩子們，讓犯人接受應得的制裁！」

洛克斯放聲這麼說。

配合他的話語，王國騎士與騎士見習生也都提起幹勁地大喊「是！」。

艾爾文他們也藉由總結的話語繃緊神經。

「有什麼動靜就要立刻回報！那麼各位——請為了王國的安寧全力以赴！完畢！」

洛克斯以這段話漂亮做結。

◆◆◆

「不好意思，我和孩子們不太親近，不知道騎士大人們想要的情報。」

在王國騎士團旗下的訪查任務開始了。

剛開始找的是可能有關係的人——也就是被抓走孩童的親朋好友或是鄰居。

但還是查不到亮眼的情報，如今甚至得向完全無關的人搭話。

「啊嗚……這樣啊。謝謝您的協助。」

蘇菲雅向女性鞠躬致意。

不同於艾爾文他們，分配到第四騎士團底下的蘇菲雅等人正在東部一帶進行搜索。

以王國騎士團為中心尋找可疑的場所，蘇菲雅等學園騎士團主要負責訪查。

持續訪查數小時卻沒有顯著的情報，令人相當吃不消。

蘇菲雅也不知何時失去了一開始的活力。

「小雅，妳那邊怎麼樣～～？」

一起行動的榭希兒微微揮手跑了過來。

「對不起，又沒問到情報……」

「啊哈哈哈～這也沒辦法……雖然不該這麼說，不過實際上王國騎士團持續找到現在都還沒找到，所以不可以太沮喪喔。」

榭希兒像是要鼓勵蘇菲雅般，溫柔地撫摸了她的頭。

受到鼓勵的蘇菲雅稍微恢復了活力。大概是因為年長而且實際上有艾爾文這個弟弟，在蘇菲雅眼中，以溫柔眼神看向她的榭希兒就像是自己的姊姊。

同時也覺得有點像是蕾拉。

「說、說得也是！要是這時候氣餒就沒辦法拯救被抓走的孩子們了！」

「喔～！就是這股志氣～！」

「趕快找出孩子們吧！」

「咦？趕快和小艾約會？」

「我沒這麼說。」

但是果然和蕾拉小姐不一樣。蘇菲雅如此心想。

「唔唔……！必須趕快解決擄人案件之後和小艾卿卿我我才行！」

「啊哈哈……」

看見榭希兒對弟弟的愛，蘇菲雅臉頰僵硬。

雖然知道她是溫柔的人，卻不免覺得動機朝著奇怪的方向。

「不過，要說不可思議的話確實不可思議耶。」

榭希兒拍打臉頰提起幹勁，然後忽然說起這種話。

「您是說『神隱』這件事吧？」

「沒錯沒錯，我搞不懂為什麼只鎖定金髮的孩子。」

聽她這麼說就覺得確實不可思議。

如果要當成奴隸賣掉，鎖定年紀再大一點的年輕人肯定比較好賺。

為什麼只限定孩童？而且只鎖定頭髮是金色的孩童。

解決案件的時候，經常會從犯人的犯罪理由思考。

既然做到這種程度都找不到線索，就會想從這個想法反推以尋找線索，不過只有這次始終完全沒有頭緒。

「現在想起來，我們也是金髮。」

「啊，這麼說來真的耶！怎……怎怎怎怎怎怎怎怎怎麼辦？我現在才察覺！」

「我會和小艾在一起所以沒問題……不過小雅會很危險耶。今後要不要請小蕾陪在妳身邊？」

「啊嗚……雖然對她有點抱歉，但我會這麼做的。」

「畢竟妳可能會遭遇危險，小蕾她也不會拒絕的！」

蕾拉喜歡蘇菲雅，從她們和睦相處的模樣就看得出來。

好友可能會遭遇危險，蕾拉應該不會視若無睹吧。榭希兒再度摸了摸不安的蘇菲雅的頭鼓勵她。

「而且目前連抓人的方法都不知道，所以也無從提防……」

「孩子們在夜深人靜的時候被抓走，但是家裡所有人都沒察覺，真的有這種方法嗎？魔法都沒這麼便利，而且要是從窗戶下手肯定會有人察覺。」

有鑑於「神隱」事件，最近王國騎士團命令市民「夜晚禁止外出」。

不只如此，王國騎士團與衛兵都強化夜間巡邏，要是抱著一個孩子在市區移動，肯定會有人提供目擊情報。

但是至今依然沒有這種情報──到底用了什麼方法抓走孩子們？

榭希兒不明就裡，雙手抱胸繼續苦思。

「時間過得愈久，孩子們就愈危險，必須趕快找到才行……」

榭希兒「唔～」地皺眉好一陣子。

看著這樣的她，蘇菲雅從懷裡取出裝有餅乾的袋子。

「我……我很笨所以不太能提供助力……但是您不介意的話要不要吃一塊？我聽說甜食可以加速頭腦運轉！」

「咦，可以嗎？」

「嗯！這是前幾天在王都的攤販那裡收到的，非常好吃！」

看見蘇菲雅的笑容，榭希兒從袋子拿出一塊餅乾。

然後將餅乾一口放入嘴裡，眼睛隨即閃閃發亮。

「嗯～！好好吃～！」

「對吧！真的非常好吃！」

「下次要不要買來和小艾一起吃呢？感覺小艾也會很開心！」

「嘻嘻，那就要努力才行了！」

兩人臉上浮現笑容。

已經完全不再露出消沉的表情。必須為了被抓走的孩子們努力才行。

如此心想的兩人再度繼續進行訪查。

「我不知道啦，大哥哥。我現在很忙，所以不要跟我說話。」

另一方面，艾爾文等人分頭在南部開始進行訪查。

總之，因為不知道要在哪裡取得情報，所以先和各式各樣的人接觸。

但是還沒掌握顯著的情報。眼前拿著球的小男孩也搖頭投以冰冷的視線。

「這樣啊，在你忙的時候問你問題真是對不起。」

「一點都沒錯，快滾！」

「抱歉在百忙之中打擾了。如果知道什麼事情請告訴我們喔。」

「大姊姊！我有一件很在意的事！我很閒所以告訴妳吧！」

「蕾拉，放開我！我要讓這孩子學習階級社會以及對待長輩的禮儀！」

「這樣很難看，不要對孩子生氣啦。」

態度差異這麼明顯，艾爾文不禁想要拔劍，卻被蕾拉制止了。

莉潔洛緹的美似乎使得小男孩忘記忙碌。

「說得也是……看來我面對孩子失去冷靜了。」

艾爾文接受蕾拉的勸阻，靜靜整理被她抓住的衣領。

「不過他這麼失禮，我還以為現在的平民不知道什麼是不敬罪。」

「這就證明你很平易近人喔。」
「所以我決定也要稍微成熟一點。」
生氣的眼神變成溫柔的眼神。
沒錯，對方只是小孩子。是不知道世界寬廣以及世間嚴苛，擁有純真未來的年輕人。
在這種時候，年長者更應該以寬容的心態對待。
艾爾文在內心規勸自己，然後重新面向少年。
「所以，你在意的是什麼事呢？」
「你吵死了，垃圾。」
「放開我的手！這種不敬已經超越可以容忍的限度了！」
「好啦好啦，你說得對。」
「比起世間的常識，我要先讓你學習什麼是道德！」
比起對待貴族的態度，首先應該要學習道德。艾爾文拔劍打算這麼說。
「請不要太捉弄艾爾文大人喔。這個人是我重要的團員。」
「好！」
在艾爾文感到憤慨的時候，莉潔洛緹代表眾人露出笑容，少年隨即充滿活力地回應。
到頭來無論前往哪個世界，男生似乎都是面對女生會變得率直的生物。

「我想請問一下，你在意的到底是什麼事呢？」

「那個！我認識的……應該說我討厭的一個傢伙之前不見了，但是在那之前有向我炫耀說『有人送零食給我』！」

聽到這段話，憤慨的艾爾文以及正在阻止他的蕾拉眉毛稍微起了反應。

然後以莉潔洛緹他們聽不到的音量說起悄悄話。

「（這是……）」

「（十之八九是那個攤販吧。）」

蕾拉先前取得的情報。

被抓走的孩子們有一個共通點，都吃過在攤販那裡獲得的零食。

只從現在的證詞來看，和蕾拉取得的情報一致。應該沒錯。

不過，蕾拉還沒把這個情報分享給王國騎士團。

因此莉潔洛緹說聲「原來如此」並微微點頭。

「知道那個攤販的名稱或特徵嗎？」

「不，我不知道。我心想能不能也送我零食所以找過，可是找不到！」

這也和事前獲得的情報吻合。

蕾拉的部下也有進行訪查，卻不知道被抓走的孩子是在哪個攤販獲得零食。

看來不只是大人，同年紀的孩子也一樣不知道。
「（也就是說，即使我們沒頭沒腦地找果然也找不到吧。）」
「（這麼一來，果然只能等待有人被抓之後再追了。）」
「（可是這樣的話——）」
「（是的，就變成一定要有人被抓了。）」
艾爾文稍微咬住嘴唇。
要是搜查任務就這麼陷入瓶頸，犯人恐怕會重複犯行吧。
這麼一來，與其放任今後的被害程度擴大，以最少的被害找出犯人或許比較好。
不過，艾爾文連這種小小的被害也不能容許。
正因如此，艾爾文才會露出焦急的模樣吧。
「（如果我可以成為誘餌就好了……）」
「（我才不要，這樣蕾拉妳會遭遇危險吧？而且依照目前案件的進展，我們應該不會被犯人抓走。）」
艾爾文與蕾拉都是可以稱為孩子的年齡，但是髮色明顯不是金色。
如果犯人就這麼按照條件下手，兩人不會成為被抓走的對象。
而且如果考慮要成為誘餌，必須先滿足「吃下在攤販那裡獲得的零食」這個條件。

但是不知道這個攤販在哪裡，所以連這個條件都無法滿足。

「謝謝。感謝您提供有助益的情報。」

討論到這裡的時候，莉潔洛緹離開少年走向兩人。

「回去第二部隊那裡吧。這個情報肯定可以成為一些線索。」

莉潔洛緹說完後便往前走。

艾爾文拍打自己的臉頰重新提起幹勁，隨後跟上。

「不可以太急著爭強喔。」

「我知道。但我確實在焦急。」

反正一個人的力量也是有限的。

艾爾文笑著以這句話回應蕾拉的擔心。

——結果，這天也沒獲得新線索就結束了一天。

◆◆◆

這一天結束了。

當地集合就地解散的艾爾文，在公爵家名下的馬車裡隨著路況搖晃。

因為是公爵家的馬車，所以車上當然有榭希兒的身影。

「好累……」

「呵呵，小艾辛苦了。」

艾爾文憔悴地靠在椅背。

從這副模樣明顯感覺得到他的疲勞，榭希兒不禁笑了。

「對於推崇家裡蹲的我來說好辛苦……這麼一來在課堂上數羊還比較輕鬆……」

「那當然，因為那樣只是在睡覺吧。」

話雖如此，但是艾爾文會累也在所難免。

因為白天為了訪查一直走路，晚上也為了「神隱」事件到處跑。反倒可以說他很勤勞。

墮落的生活跑去哪裡了？艾爾文痛恨自身實力被榭希兒看見的那一天。

不，說起來要是榭希兒炫耀弟弟的行徑沒有失控，他也不會加入騎士團——

「……姊姊，我恨妳。」

「怎麼突然就被恨了，難道小艾真的累壞了嗎？」

「累壞了。」

「累壞了啊。」

真可愛耶……榭希兒看著癱軟的艾爾文，嘴角不禁綻放笑容。

榭希兒也知道艾爾文真的累了。因為今天白天到處跑……這不是唯一的原因。

（我知道小艾每天晚上都在做某件事。）

深夜會偷偷外出前往某處。雖然不知道是去做什麼，卻不惜犧牲最喜歡的睡眠時間在做某件事。

這是對於艾爾文來說很重要的事，是為了某人而做的事。熟知這個溫柔弟弟的榭希兒是這麼覺得的。

所以這份疲勞也是在所難免。

蘇菲雅輕拍自己身旁的座位，催促坐在正對面的艾爾文坐到她旁邊。

「小艾，姊姊希望你坐我旁邊。」

「……我感覺到身體的危險所以恕我拒絕。依照以往的經驗，我知道只要坐在妳旁邊，我的嘴唇就會在物理層面被封住。」

「如果不坐我旁邊，姊姊我會給你一個熱情的吻。」

「坐之前嘴唇就遭遇危機！」

無論怎麼選擇都走投無路。

「別在意別在意♪」

「唉……我未來注定要把初吻獻給自家人嗎？」

艾爾文嘆了口氣，不情不願地坐在榭希兒身旁。

然後——

「嘿！」

「啊？」

榭希兒突然抓住艾爾文的頭，就這麼讓他躺到大腿上。

事出突然，艾爾文口中不由得冒出疑問。

「明、明明戰戰兢兢地以為嘴唇會被奪走……居然是大腿枕？呵，姊姊妳真有一套。」

「因為小艾看起很累，所以姊姊我想要慰勞你。」

「謝謝。」

「你將整張臉埋進大腿，姊姊我還是會不好意思的。」

艾爾文明明抗拒卻想要好好享受姊姊的大腿。

或許是無可救藥的變態。

「總之，小艾真的很努力喔。」

艾爾文將頭轉向側邊，榭希兒溫柔撫摸著他的頭。

她這時候的眼神很溫柔，臉上露出祥和又令人安心的表情。

或許因為這樣，所以艾爾文也消除了內心的困惑開始委身於她。

「……話雖如此，但是完全沒有進展。」

「吃過零食」的這個情報已經分享到王國騎士團內部。

只不過，若問這樣是否有接近事件的真相，那麼未必如此。艾爾文原本就多虧蕾拉而早就知道這項情報，既然連王國的騎士團與周邊居民都找不到那個攤販，就不會有所進展。

即使努力，得不到結果就沒有意義。

正因為這麼想，所以艾爾文有點懊悔般低語著。

「放心放心，努力總有一天會得到回報。」

「這是理想論的鼓勵方式吧？但我在長大的過程逐漸理解到，即使沒努力也能得到成果的人占多數。」

「唔～……話雖如此也有道理，但是姊姊我個人不這麼認為啊？」

「這又是為什麼？」

「因為我就在旁邊看著正在努力的某人。」

榭希兒筆直注視著艾爾文的臉。

為什麼以這麼熱情的眼神看我？艾爾文感到疑惑，卻有點不好意思地轉過頭去。

「這麼說來，今天和小雅聊到……姊姊我與小雅也都是金髮對吧？」

「是喔～」

「這麼隨便！」

說出「金髮＝會被鎖定」這樣的發展，艾爾文也不以為意，使得榭希兒吃了一驚。

熱情的視線一下子就消散了。

「小艾，你太無情了！姊姊我與小雅也可能被鎖定耶～！這麼可愛的未來伴侶以及小雅遭遇危險也無所謂嗎嗚嘎～！」

「蘇菲雅確實令人擔心，不過已經說好接下來蕾拉會先陪著她，所以暫且放心了。」

「那姊姊我呢？你就不擔心姊姊嗎？總覺得小艾變得愛欺負人又冷淡，姊姊我快要哭出來了……」

榭希兒裝出擦拭眼角哭哭啼啼的舉動。

即使看著這一幕，艾爾文的表情也完全沒變。

「當然不會擔心啊。」

但是——

「姊姊由我來保護。無論發生什麼事，我都絕對不會違背那一天的約定。」

艾爾文理所當然般這麼說。

不會擔心。即使擔心也不會改變什麼，只要遵守「保護榭希兒」這個原則就好。

正因如此，所以艾爾文在深夜追捕「神隱」的犯人，至今也暗中打倒盜賊或各種惡徒。

當然可能會令姊姊遭遇危險。
就算這樣，艾爾文也發了誓，即使賠上生命也要澈底保護姊姊，努力不讓姊姊遭遇這種下場。
老實說吧。
如果有什麼萬一，艾爾文會擔心。
但是他不想擔心。
（如果演變成這種狀況，我會……）
艾爾文如此心想，不經意轉頭看向榭希兒。
結果——
「啊……不，等一下，別看我這裡……」
眼前是如同煮熟章魚般通紅的榭希兒的臉。
不像是平常愛捉弄人又積極的榭希兒。她難得出現羞澀又可愛的反應。
「怎麼了？」
「沒、沒事……！暫時別看我這裡！」
榭希兒這麼說著，將艾爾文的臉往車窗的方向推。
到底發生了什麼事？艾爾文即使感到疑惑，還是依照吩咐就這麼開始眺望窗外景色。

（……不過，至少留個印記吧。）

反正姊姊今天也會鑽進我的被窩。

思考著這種事的艾爾文繼續隨著馬車晃動。

「不要突然說得這麼帥氣啦，真是的……我知道的。」

然而，到了第二天——

榭希兒自艾爾文面前消失無蹤。

◆◆◆

睜開眼睛，沒看見榭希兒的身影。

並不是連同床單被運上馬車。

深夜艾爾文從王都回來的時候，她肯定還在床上熟睡。

但是為什麼醒來之後旁邊沒有她的身影？

已經問過傭人了。

傭人說榭希兒或許是先去學園了。

然而從早上就沒人看見榭希兒。

……怪怪的。艾爾文如此心想的時候，腳已經動起來了。

（想得到的可能性就是姊姊遭遇了「神隱」。）

艾爾文一邊隨著馬車搖晃，一邊以前所未見的表情思索。

（不過，這個前提也有很奇怪的部分……）

首先是「怎麼被抓走的？」這個問題。

是在艾爾文前往王都的時候被抓走的？不，回來的時候她當然還在。

艾爾文記得當時心想「姊姊又鑽進來了」嘆了口氣。

也就是說，是在艾爾文睡在旁邊的時候被抓走。

是自己沒察覺嗎？艾爾文連同床單被運上馬車的時候確實沒醒，不過如果是外人這麼做，他自認為一定會醒來。

因為艾爾文對於敵意很敏感。

這是以往獨自戰鬥的時候確實培養出來的能力。

（第二個問題是：「姊姊什麼時候吃過零食？」）

但是只有這個問題無從得知。

因為艾爾文也不是一天二十四小時都和榭希兒在一起。

如果有吃，肯定是在昨天訪查的時候吧。

而且最後的疑點是——榭希兒所在的場所是公爵家。

至今被害者的共通點是「住在王都的金髮孩童」。

既然不知道犯罪動機，當然無法確定至今的條件是否能夠套用。

但是，為什麼在這時候才不遵循原則？為什麼事到如今才更改條件？

無法理解。

無法理解而感到反胃。

（而且，昨天留下的印記沒有消失……）

既然印記沒消失，榭希兒應該還沒和別人接觸。

即使被抓卻沒有和任何人接觸，這種事有可能嗎？

疑問逐漸擴大。

——在這樣思考的時候，載著艾爾文的馬車抵達學園了。

艾爾文走下馬車之後筆直前往訓練場。

如果不是「神隱」，榭希兒應該會為了晨練前往訓練場。

即使不是如此，訓練場也有蕾拉。

也可以將現狀說給她聽，一起思考對策吧。

如此心想的艾爾文快步走向訓練場。
然後他在訓練場看見集合起來沒晨練的騎士見習生們。
發生了什麼事嗎？艾爾文感到詫異的這時候，蕾拉從眾人之中現身，一發現艾爾文就跑了過來。
「艾爾文！」
「怎麼了？」
「蘇菲雅她……我早上起來，蘇菲雅就不見了！」
原來如此，所以她才會不知所措。
心想蕾拉這個反應不像是平常冷靜沉著的她，不過既然是好友蘇菲雅失蹤，就可以理解她為何無法冷靜下來。
事情發生在這個時間點，蕾拉肯定也認為蘇菲雅遭到「神隱」了。
「蕾拉，妳冷靜。」
「這要我怎麼冷靜？應該說，你不擔心蘇菲雅被抓走嗎——」
「姊姊也失蹤了。」
「唔！」
「從時間點來看，只可能是『神隱』。」

那我更想問了，你為什麼不擔心？

看到艾爾文以冷靜的聲音這麼說，蕾拉差點一把揪住他的衣領。

然而在這個時候，她終於看清楚艾爾文的表情了。

艾爾文的表情像是在笑，卻有點冰冷。

不經意覺得周圍的溫度似乎也下降了，仔細看就能發現他呼出來的氣息微微變白。

（說得……也是……）

自己搞錯了。

之所以在這種時候依然冷靜，是因為知道要是不保持冷靜，現狀也不會有任何進展。

姊姊被抓走，艾爾文不可能無動於衷。

蕾拉輕輕地嘆了口氣，慢慢讓直到剛才失常的自己鎮靜下來。

「……抱歉。」

「不，沒關係——」

說出這句話的時候，艾爾文的背部傳來一股像是被針扎的觸感。

身後有誰在嗎？不，並不是這樣。

體驗過許多次的這種觸感……這是印記消失時會產生的觸感。

「……找到了。」

「咦……？」

「找到姊姊在哪裡了。印記剛才消失了。」

既然印記消失，就代表榭希兒和別人接觸了。

多虧這樣，艾爾文透過印記，讓榭希兒所在的位置像是朦朧的光點般浮現於腦中。

不過既然和某人接觸，也代表何時發生什麼事都不奇怪。

這個魔法原本是用來查明盜賊團的根據地，所以沒設計任何早期防範的功能。

換句話說——

「蕾拉，我們走。」

「……啊，嗯！」

不快點出發就會來不及。

正因如此，所以艾爾文背對訓練場快步奔跑。

蘇菲雅也很可能在那裡。

蕾拉確定腰間有劍之後，立刻追在艾爾文的身後。

但是——

「請等一下。」

一名少女從訓練場的入口現身。

這名少女像是要擋住艾爾文他們的去路般站在前方。
「請問兩位要去哪裡？」
莉潔洛緹．拉列里亞。
為什麼要在這裡阻止我們？
蕾拉無法理解。
位於這裡的她，不可能沒聽到我們剛才大聲交談的內容。
即使沒聽到，看見我們現在的表情也可以立刻知道我們心急如焚。
「團長，請讓開！我們之後會接受沒參加晨練的懲罰！」
「蕾拉大人，妳用這句話回答我的問題並不適當吧？我是問兩位要去哪裡。」
「……唔！」
明明是在要求回話，卻感覺到莉潔洛緹散發無言的壓力。
久違看見這張表情，蕾拉在短短一瞬間畏縮了。
但是不能在這裡退讓。
蕾拉像是為了避免被震懾般向前踏出一步。
「蘇菲雅與榭希兒大人被抓走了！為此，我們現在要——」
「去救她們嗎？就你們兩人？」

「沒錯！再不快點趕過去，不知道兩人會遭遇什麼下場……！」

所以請讓我們走。蕾拉在最後強烈地要求。

但是莉潔洛緹毅然決然地站在原地不動。

為什麼不肯讓路？蕾拉內心的焦慮不斷累積，湧現不耐煩的心情。

「為什麼……！」

「這是當然的。我有義務保護這個騎士團的團員——在不知道對方戰力的狀態就想進攻的團員，我理所當然應該阻止吧。」

這段話令蕾拉語塞。

「大致的狀況我明白。因為我來這裡前都聽到了。正因如此，我不能讓你們過去。去了這麼危險的場所，要是蕾拉大人或艾爾文大人遭遇同樣的下場該怎麼辦？」

仔細想想就知道是理所當然。

將王國騎士團玩弄到這種程度依然沒被掌握線索的對手，不可能是普通的歹徒。

不知道有多麼強大，多麼惡質。

讓兩人前往這種場所又能怎麼樣？

要是反過來被打倒，只會徒增兩名需要拯救的被害者。

所以不要白費力氣出手，既然知道場所就請王國騎士團一同前往，這樣的作法比較明智……不，說起來交給王國騎士團處理或許比較不會增加累贅，也方便行事。
背負著統率所有團員的責任，身為第二公主，莉潔洛緹不能眼睜睜放任有人闖入險地。
蕾拉也能理解她想說什麼。
只不過在等待王國騎士團的這段期間，不知道被抓的兩人會變得如何。
或許還有一些緩衝時間，但是現在的我們無從得知。
蕾拉不禁咬牙切齒。
即使理性上可以理解，感性卻不想認同。
就在這個時候——
「讓開。」
身旁的艾爾文以冰冷的聲音放話。
白茫茫的寒氣以艾爾文為中心開始向周圍擴散。
「無論誰怎麼說，我都要去救姊姊。就算莉潔洛緹大人擋在面前，我也要強行通過。」
「就算我硬要阻止你……也一樣嗎？」
「當然，我並不是基於傲慢而這麼說——這是我的使命，我的承諾。」
並不是自大地認為一定能拯救。
或許敵人正如莉潔洛緹所說非常強大，只有艾爾文他們的話會反過來被打倒。

即使如此，也已經約定好一定會保護。
就算以生命作為代價，艾爾文也必須前往榭希兒身邊。
現在的艾爾文沒有「等待王國騎士團」這個選項。
「…………」
「…………」
艾爾文與莉潔洛緹相互瞪視。
彼此都沒有退讓的意思。這樣的氣氛很沉重，甚至令人覺得每一秒都很漫長。
一旁的蕾拉以及周圍觀察著狀況的騎士團見習生們都緊張得開始屏息。
這股沉默持續了近乎永恆的數十秒——
「唉……在這種時候，我在旁人眼中應該是反派角色吧。」
莉潔洛緹的嘆息打破了這股沉默。
「路易斯。」
「呃，在！」
突然被點名，偷偷在後方守候這個光景的路易斯嚇了一跳，但還是做出了回應。
「請你現在前往王國騎士團，告知已經查出『神隱』被害者的去向。由你這位副團長過去，對方應該也會覺得這個情報可信吧。」

「遵……遵命！我立刻出發！」

路易斯跑過莉潔洛緹等人身旁。

目送他離去之後，莉潔洛緹重新面向艾爾文他們。

然後——

「只限這次喔。」

「……咦？」

「只限這次，我決定聽你的話。」

莉潔洛緹先讓步了。

緊繃的氣氛頓時消散，釋放寒氣的艾爾文也不禁愣住。

身旁的蕾拉也一樣。

她一直以為兩人會當場開打。

到時候我要支援艾爾文，然後……蕾拉面對剛才的緊張狀況依然如此思索。

但是這個預測沒有成真。

「相對的，這始終不是救援行動，而是要爭取時間直到王國騎士團抵達。既然已經知道場所，我們就在那裡作亂引開犯人的注意力，以免被抓走的人們受害。」

「這樣好嗎，莉潔洛緹大人……？那個，我們是——」

「如果要問好還是不好，我的回答是不好。我認為自己的職責就是即使來硬的也要阻止你們。」

不過……

莉潔洛緹像是感到為難般露出笑容。

「我也很擔心她們兩人。」

莉潔洛緹是以自己的情感為優先才會說出這句話吧。

這個選擇無法令人認為是對的。

假設成功解決，也可能被迫負起某些責任。

但她向艾爾文等人的情感讓步，原諒了想要保護團員的自己。

蕾拉忍不住低頭鞠躬。

說了一聲「謝謝」表達內心的謝意。

「我們也去吧！」

「女生可能遭遇危險，男生怎麼可以不去搭救！」

「我們不會對同伴見死不救！」

「各位……」

騎士見習生們在後方高聲吶喊。

聽到他們這麼說，艾爾文感覺內心逐漸溫暖起來。

「從現在開始！我們騎士團要前往『神隱』被害者的所在地！」

莉潔洛緹高聲宣布。

「目標是救回被抓走的被害者！不進行殲滅，以爭取時間等待王國騎士團抵達為第一優先！」

「「「「是——！」」」」

「如果覺得有生命危險就立刻撤退。然後——」

這個聲音響遍訓練場。

騎士團的咆哮也震撼了清晨的學園。

一切都是為了救出被抓走的被害者與兩名團員。

雖然不知道敵人是何方神聖……即使如此，我們還是不會對同伴見死不救。

「救出她們兩人吧。因為我們要全員到齊才是學園的騎士團！」

「「「「唔喔——！」」」」

莉潔洛緹優雅地微笑。

這樣可以嗎？感覺她的雙眼映出了這樣的話語。

「……謝謝您，莉潔洛緹大人。」

「呵呵。之後請陪我一起被罵喔。因為鼓舞我的是艾爾文大人。」

好的。艾爾文如此回應後點了點頭。

做出決定的她以及願意跟隨的同伴們。我不能違背大家的期待。

艾爾文在內心堅定了意志。

——從現在開始。

從現在開始，艾爾文要履行承諾。

◆◆◆

榭希兒醒來之後，忽然覺得怪怪的。

手腕傳來冰冷的觸感。明明直到剛才都在床上才對，卻也覺得像是被強迫坐著。

到底是怎麼回事？冒出這個疑問的榭希兒睜開眼睛一看，眼前是空無一物的陰暗空間。

然後——

「哎呀，醒了嗎？奇怪，這孩子是承受得了代價的身體嗎？」

一名單手拿著書本，坐在椅子上的少女映入視野。

這傢伙是誰？榭希兒如此心想的同時，手腕傳來清脆的金屬摩擦聲。

不需要花費太多時間，她就察覺這是自己被鎖鍊綁住的證據。

「……我可以問這裡是哪裡嗎？」

「我不介意。因為你們至少應該有權利發問吧。」

身披長袍的少女將書放到地面。

只將臉轉向榭希兒，淺淺露出微笑。

「你們所在的場所是王都的地下。不知道有這種地方吧？老實說，我被告知之前也沒能察覺。」

金色的長髮和紫紅色的眼睛。看著年幼但也能隱約感覺到妖豔的氣息。

大概因為身披黑色長袍，這股妖豔的氣息令人覺得有點異常。

但是這種事一點都不重要。

這時候的榭希兒才真的是異常冷靜。

移動視線就能看見和自己一樣被綁住的孩子們。

其中也有蘇菲雅的身影，她大概是還沒清醒，看起來一動也不動。

總之大家都平安無事，榭希兒鬆了口氣。

但是這裡所有人都是金髮。

由此能導出的答案是——

「我沒想到居然會得知自己成為受害者耶……『神隱』的主謀。」
「我覺得這個取名的品味很好喔。只不過隱藏的對象不是神，而是你們這些平凡無奇的普通人。」
抱歉還沒自我介紹。
少女這麼說著並站起身，就這麼將手放在胸口低下頭。
「我的名字是薩拉莎。在名為『愚者之花束』的教團擔任司祭。」
「愚者之花束……？」
「雖然自稱教團，卻不是特別的信仰團體。簡單來說可以當成研究禁術的烏合之眾。」
禁術。
聽到這個關鍵詞，榭希兒不禁皺眉。
但她立刻露出無懼一切的笑容。
「……妳真的是一五一十全招了耶，明明我們找得那麼辛苦都找不到。」
「我說過吧？你們至少有權利發問。和其他傢伙不同，我是講道理的類型，要是擅自把你們帶來這裡，卻不讓你們知道任何事，那我就太任性了。」
「不過相對的，妳倒是很任性地把我們抓來這裡。」
「關於這方面請讓我任性一下吧，只有這件事我一定得做。」

「既然這樣，起碼說明妳是怎麼把我們帶來這裡的吧。」

「要回答這種程度的問題很簡單。」

薩拉莎再度坐回椅子上，悠然地交疊雙腿。

「妳知道所謂的『禁術』嗎？」

「……姑且看過文獻記載的內容。」

「妳這個人真博學。那就不需要簡潔說明了——你們之所以在這裡，正是拜禁術所賜。文獻裡至少有記載名為『轉移』的禁術吧？」

轉移之禁術正如其名，能將物體轉移到某個地點。

不問大小、重量與距離。任何東西都可以瞬間移動，是現代無法想像的優秀魔法。

不過，這是被禁止的魔法。

原因在於有一個缺點——

「使用者會暫時無法清醒。可能是好幾天，也可能是一輩子。只有這部分依體質而定吧。雖然是留在優點上的缺點……不過看來只有妳能夠承受禁術的代價。」

「……但我不是使用者啊？」

「是使用者沒錯。因為妳不是吃了我給的餅乾嗎？」

「……唔！」

榭希兒有吃過餅乾的記憶。

這麼說來，確實是在吃下餅乾的那一天被抓來的。

（也就是說，原因在於小雅給我的餅乾？所以小雅也在這裡……）

在腦中做出合理的解釋之後，榭希兒輕聲嘆氣。

「給妳的餅乾預先編入了轉移的術式。吃下去之後，術式到了深夜就會自動啟動。怎麼樣？意外得不必花太多心力與工夫吧？雖然很單純，不過意外讓任何人都無計可施喔。」

「也是啦，王國騎士團也因此被耍得團團轉。話說回來……妳居然把餅乾這種時尚的東西拿來做骯髒的事情。」

「因為『那孩子』很喜歡。」

她說的那孩子究竟是誰？

聽到薩拉莎像是感到懷念又寂寞般這麼說，榭希兒不禁疑惑。

「……好啦，妳想怎麼做？老實說，我沒料想到有人清醒時的狀況。」

「沒要怎麼做，妳放走我就好了吧？順帶一提，這裡的所有人也要。」

「這可不行喔——因為晚點會確實地使用到他們。」

說出這句話的瞬間，薩拉莎嚇了一跳。

噗滋嘎喳。她反覆回味著這種金屬摩擦聲以及令人想摀住耳朵的皮肉撕裂聲。

知道這些聲音來自榭希兒這名少女時，她真的嚇了一跳。

「……沒想到妳居然削掉手腕的皮肉掙脫枷鎖。我應該向妳訓話說必須更加珍惜自己才行嗎？」

「反正就算待在這裡，也會被說出『使用』這兩個字的人殘忍對待吧。那還不如這樣比較好。」

即使血滴落到地面也不以為意，榭希兒慢慢起身。

——說起來簡單，做起來困難。

比起未知的危險，一時的犧牲肯定比較好。大腦可以理解這一點。

不過，削掉自己的皮肉需要多少勇氣呢？任何人都能感受到同樣的道理，而且任何人肯定都不敢輕易這麼做。

因此，薩拉莎不由得像是感到為難般搔了搔腦袋。

「……我有點沒考慮後果，抓了太多人過來嗎？看來我以為只差一點點就湊齊必要的人數而心急了。」

「這裡的所有人……我會好好把他們帶回家。」

「哈！妳說的話真有趣！」

薩拉莎對於榭希兒的發言嗤之以鼻。

「沒有任何武器，傷痕累累的手也無法好好握住任何東西吧。不只如此，這裡除了我以外還有很多教團的人員喔？」

「…………」

「而且，坐上司祭位子的我本人——比周遭的人們厲害得多。太瞧不起人的發言最好節制一下。」

「喔……真巧，別人也是這麼說我的。」

但是，手完全使不上力。

看來削掉皮肉的代價比想像中還高。從剛才就傳來忍不住想要大喊的劇痛，不覺得自己握得住任何東西。

即使如此，幸運的是出血量比想像中還少。

（我知道的，我應該會輸吧。）

感覺從薩拉莎的舉止與態度就能證明她是強者。

就算正面交鋒，甚至懶得問自己是否有勝算。

敵方會使用據說非常強力的禁術。

（即使如此，妳什～麼都不曉得……）

知道我為什麼能夠站在這裡嗎？

因為——

「司祭大人！」

一名全身黑衣的男性來到地下空洞。

「怎麼了？我現在很忙——」

「騎士……身穿制服的騎士集體出現了！」

榭希兒揚起嘴角。

臉上浮現笑容。

「……原來如此，所以妳是誘餌嗎？」

犀利的眼神投向榭希兒。

即使如此，榭希兒依然就這麼露出挑釁般的笑容放話。

「不，不是喔。只是，我最喜歡的人會保護我。所以從以前到現在都一樣——我只是相信著他。」

既溫柔又帥氣，遵守昔日約定的男孩子。

他肯定會來拯救被抓走的我，不惜使用任何手段。雖然不知道用上了什麼手段……但心想著他絕對會來。

所以榭希兒才能夠站在這裡。

即使面對這種狀況，這麼不利的狀況也站得起來——因為我是他的家人。

「好啦，來打一場吧，禁術使。讓妳見識姊姊我很強的一面。」

「……好久沒這麼火大了。不小心打死妳也別恨我啊。」

知道自己會輸。

即使如此，榭希兒還是開始為了活下去而戰。

承諾會確實履行。這一瞬間就是為此而準備的時間。

◆◆◆

艾爾文的魔法始終是在施法對象被別人接觸導致印記消失時，由印記傳達施法對象的所在位置而已。

傳達時的機制很簡單，就只是追蹤自身隱約殘留的魔力，只能知道大致的座標。

話雖如此，卻能掌握大略的場所。

效率遠比在這座廣大的王都進行地毯式搜索來得好。

但是，艾爾文即使帶著騎士團眾人來到疑似的場所，依然找不到榭希兒。

魔力的殘渣在這裡，但卻找不到人。只有萬里無雲的清澈藍天。

那麼到底在哪裡？
不用說，當然是在地下吧。
「你這個笨蛋！受不了，真————的是笨蛋————！」
「對不……真的很對不起所以別掐著我，不然我沒辦法著地與呼吸……！」
然後，艾爾文他們正處在王都一角的某個開闊廣場中央——向下墜落。
下墜時間也只有短短數十秒，但是蕾拉把一起往下跳的艾爾文當成仇敵般用力掐住他的脖子。
「為什麼會冒出破壞地面的想法？後續處理與周圍的被害該怎麼辦？」
通往地下的入口就算正常去找也無法馬上找到吧。
既然不知道被抓走之後會被做什麼，就不能悠哉地慢慢找。
如此心想的艾爾文，毫不留情地從上空生成冰塊打向地面加以破壞。
幸好周圍沒有任何人，也沒有任何建築物。
但是不用說，當然造成了騷動。
「可……可是啊……這麼做也有十足的優點吧！」
「給我說出除了可以儘快搭救之外的優點！」
「像這樣的英雄登場方式，我覺得正常來說應該想不到喔，是的！所以——」

蕾拉放開艾爾文脖子的瞬間，兩人降落到地面。

下降到多深的地方了？粗估大約十公尺左右吧？

就在這個時候──

「什麼？上面突然崩塌了？」

「敵……敵襲！」

「去叫人過來！快點！」

艾爾文他們的正前方出現數名身穿黑衣的人。

而且所有人都露出困惑、吃驚或慌張的模樣，是連武器都握不好的狀態。

「這樣的偷襲確實成功了吧？」

「唉……是沒錯啦，不過如果被抓的人就在下方怎麼辦？」

「我是在遠離姊姊的位置打碎地面所以沒問題的。但是對於不明就裡的敵人來說當然很礙事吧。」

艾爾文首先拍掉塵土。

接著，他身後有許多人影時機正好地降落現身。

「艾爾文大人，晚點終究要向你說教才行。」

「你看吧。」

「如果能夠救出姊姊與蘇菲雅他們，那我甘願承受……！」
「說教的時候要請你抱著大石頭。」
「慢著抱石頭終究辦不到啦！」
令人懷舊的這種拷問手段，使得艾爾文不禁雙眼泛淚。
話雖如此，不過看來沒空這麼悠哉閒聊了。
位於深處的通路，人群匆忙的腳步聲逐漸接近。進入視野的人們也各自拿起掛在石壁上的劍或法杖擺出架勢。
「不過，這些人到底是來自哪裡的誰呢？看來好像不太歡迎我們。」
「莉潔洛緹大人，我想我們不會受到歡迎喔。因為無論怎麼想，抓走蘇菲雅他們的人很明顯就是這些傢伙。」
位於地下的空洞。
雖然不知道王都有地下空間，但是對方出現在這種場所並且二話不說拿起武器相向——即使考慮到座標也不覺得是普通人。
蕾拉與莉潔洛緹各自拔出腰間的劍。
隨著這個動作，後方的騎士見習生們也一起開始拔劍。
「總之，無論如何……」

艾爾文在那些人當中獨自踏步向前。

只踏出一步。

踏出這一步的瞬間，冰浪便襲向身穿黑衣的人們。

「我要帶姊姊他們回去。擋住去路的話我不會留情……我會毫不保留地全力以赴。」

冰浪吞噬了黑衣人。

有人就這麼逐漸變成冰雕，有人好不容易逃之夭夭，有人取而代之般出現。

面對這樣的敵人，艾爾文「呼～」地吐出雪白冰冷的氣息。

（不愧是艾爾文大人……這份實力果然是異端。）

莉潔洛緹也會使用魔法。

但是，能夠在一瞬間施放這種規模的魔法嗎？在空間內部的整片地面擴展開來，毫不留情地剝奪敵方的行動能力，自己做得到這種事嗎？

光是剛才的一瞬間，眼前的人們就有三分之一失去了戰力。

雖說已經習得了無詠唱魔法，若想要以這種規模施展，應該也需要遙不可及的努力與才能吧。

莉潔洛緹自認辦不到而聳肩。

（對於敵方來說應該是惡夢，但如果是己方就很可靠……）

莉潔洛緹嘴角露出笑意。

然後朝著後方大喊。

「目標是救出被害者！以及爭取時間直到王國騎士團抵達！」

「「「「是！」」」」

「好啦，各位──大鬧一場吧！」

「「「「唔喔──────────────────────────！」」」」

隨著這聲號令，騎士見習生們一起向前衝。

敵方是疑似「神隱」主謀的集團。目標是保護被抓走的人。

「艾爾文，我們走吧。」

「嗯。」

在蕾拉出聲催促之下，艾爾文也邁步前進。

「放馬過來吧！讓你們見識一下保護女生的男人有多麼帥氣！」

「別以為對我們家的正妹出手還能全身而退啊！」

「沒人找你們這種下三濫！」

地底下的這場戰鬥，在莉潔洛緹的呼聲響遍全場之後立刻變得混沌至極。

沒有隊列或作戰可言。是敵我雙方全部混在一起，只顧著打倒身邊敵人的景象。

敵方被害者太多應該是原因之一吧。
當初的目的是救出人質，加上爭取時間等待王國騎士團抵達。
如果頂多只能爭取時間，就以爭取時間為優先。
雖然是基於這個計畫展開的戰鬥，但其中只有兩人展現出異常的光景。
「滾開！」
一腳踢開面前的人，以冰柱射向從背後偷襲的敵人下巴。
接著抓住從兩側接近的敵人手臂就這麼直接冰封。成為冰雕的人立刻被踢到旁邊不管。
對付一人的時間只有數秒左右。艾爾文只以這些時間就確實打倒敵人。
「唔！」
另一方面，莉潔洛緹使用了簡單的戰法。
只是單純讓手上的劍纏上火焰。熱度順著風開始傳播到周圍。砍中的話火焰就會擴散，逐漸焚燒敵人的身體。
稍微就好。只要劍刃稍微命中，對方就會燃起美麗的火焰。
她以天生的體能反覆揮劍，同樣以驚人的氣勢打倒對手。
「這……這兩個人不太妙！」
「集中對抗這兩個傢伙！其他人還勉強能應付！」

「無論如何都別讓他們進去！」

能看出敵方的焦急。

現在依然是敵人陸續前來的狀況，但是人數肯定有限。

如果壓不住攻勢，就會被入侵到深處。

只有這樣的結果絕對要避免——和艾爾文等人一樣，能感覺到他們針對這一點有多麼的拚命。

「簡直沒完沒了！就算是驚動蟻窩也不會像這樣一直冒出來吧！」

艾爾文在咂嘴的同時也生成冰之短劍射向敵人。

「這裡由我們想辦法應付！你快點先走吧！」

蕾拉一邊砍向敵人一邊大喊。

她的表情沒有太多餘力。大概是因為稍微鬆懈就會被敵人的利刃或魔法襲擊吧。

即使如此，蕾拉依然催促艾爾文趕路向前。

從這裡能看見的通路只有一條。

就算從魔力的殘渣推測，榭希兒她們很明顯就在那條通路前方。

「可是……」

「沒什麼好可是的！你在我們之中成功救人的可能性最高！」

聽到蕾拉這句話的艾爾文緊咬嘴唇。

（怎麼辦……！）

其實應該在這裡停下腳步吧。

要是像現在這樣變成極端的混戰，就無法使用大規模魔法。

由於己方也會遭到波及，所以不得不以最小的力量戰鬥。

但是，在這裡大顯神威的是艾爾文與莉潔洛緹。

要是少了其中一人會如何？光是想像就感到不安。

「沒關係的。」

但是，莉潔洛緹消除了這個不安。

「艾爾文大人，請交給我們。騎士團的眾人比你想像的還要強……所以不用管我們，請向前跑吧。」

相信我們。

簡單明瞭。莉潔洛緹一邊揮劍一邊說出這樣的話語。

發出紅光的火焰照亮莉潔洛緹的銀髮。

從洞窟頂部吹進來的風引得火星飛舞，看起來像是某種衣裳般美麗。

這幅光景奇幻無比又值得信賴，撼動著艾爾文的心。

艾爾文像是呼應般跑了起來。

跑向深處所見的通路。雖然敵人擋住去路，但是艾爾文伸手一揮，冰浪就筆直延伸開出一條路。

「拜託了！」

沒有回頭向後看。

因為在起跑的瞬間，就決定將這裡的敵人交給大家。

「姊姊……」

或許是對艾爾文的話語起反應，敵人越過冰浪現身。

應該是非常不想讓他前往深處吧。

像是要協助減少身後戰友的負擔一般，敵人紛紛聚集到艾爾文身邊。

「別讓他過去！」

「直到司祭大人的儀式結束！」

「讓他見識教團的實力吧！大義在我們這邊！」

——但是，這種事和我無關。

「放馬過來吧，一群混蛋！想變成冰雕的傢伙就到我面前來！」

艾爾文沒有停下腳步。

只是為了穿過這條通路而不斷移動雙腳。

魔力還沒有大礙。無論接下來是什麼狀況都能充分戰鬥。

——前往深處。

艾爾文離開空洞進入通路並沒有花費太多時間。

◆◆◆

蘇菲雅慢慢張開眼皮。

身體的關節在痛。因為是最近開始住的新家床鋪，所以沒睡好嗎？蘇菲雅原本以為是這樣，但這個疑問立刻被消除了。

因為——

全身是血的榭希兒倒在她眼前。

「～～嗚！」

蘇菲雅口中發出不成聲的悲鳴。

為什麼榭希兒會倒在這裡？說起來這裡是哪裡？不對，這種事不重要，必須立刻治療她才行。

蘇菲雅連忙想要跑過去治療，卻立刻察覺自己的手被鎖鍊綁在頭上的壁鉤。

「這？為……為什麼……！」

就在這個時候。

傳來了某人「唉……」的細微嘆息聲。

「這孩子也醒了嗎？究竟是以什麼原理清醒的，看來將是今後的研究課題。話雖如此，但是只有這方面不是我的領域，也沒什麼好在意的吧。」

身披黑色長袍的少女。

她的輪廓與聲音隱約觸動蘇菲雅的記憶一角。

「妳……是……？」

「哎呀，不認得嗎？但我記得最近才和妳見過面。」

沒見過面。

蘇菲雅想要如此否定，但是腦海立刻浮現之前的那個攤販。

——蘇菲雅不是很聰明的人。

是個純真而且很快就會信賴別人的善良女孩。換句話說也是容易上當的傻瓜。

但是遇到這個狀況……看見周圍動也不動的金髮孩子們，她終究可以自行理解這是怎麼回事。

「妳就是『神隱』的……」

「恭喜，妳是第二個這麼說的人。話雖如此，但我覺得稍微晚了一步。」

薩拉莎抓住倒地的榭希兒的頭髮讓她抬起頭。

榭希兒看起來只能以遍體鱗傷來形容。即使被強行抓住頭髮也沒有抵抗。

「請放開榭希兒小姐！」

「嗯……我不是要怪到別人身上，也不太想把自己說成置身事外，但妳應該再稍微抱持一點罪惡感。」

「妳在說什麼？」

「不知道嗎？要我用笨蛋也聽得懂的方式說明也可以啦……真要說起來，我沒有見過這個孩子喔。」

「沒有見過」是什麼意思？

看孩子們就知道，這個人並不是隨機擄人。

另一方面，雖然不知道自己是怎麼被抓的，但是沒有見過的人比比皆是。

然而薩拉莎刻意說出這句話。

也就是說，原因在於見面時發生的某件事——

「……啊。」

思考到這裡，蘇菲雅忽然想到了。

這麼說來，我收了這個人的餅乾。

後來呢？我是怎麼處理這包餅乾的？

「啊……啊————————————————————————！」

蘇菲雅內心被後悔的念頭給席捲。

給她吃了。我給榭希兒吃了那包餅乾。

如果這就是被抓走的主因，現在榭希兒像這樣受到波及受傷就是我造成的。

「溫柔是好事，我也對妳留下了很好的印象……總之，如果是因為這樣而波及某人，應該不需要形容為慘不忍睹吧。」

蘇菲雅開始拚命拉扯手上的枷鎖想要掙脫。

即使手腕破皮流血也不以為意。

「省省吧。如果妳的力氣和這孩子一樣大應該也能削掉皮肉掙脫，但是沒有的話只會平白受傷喔。」

「就算這樣，我……！」

「放心吧，反正我沒要殺妳們。話雖如此，但我在腦中加上了『目前』兩個字。」

這是不可能讓人放心的話語。

無論如何都必須讓榭希兒逃離這裡。

波及榭希兒的責任以及襲擊內心的罪惡感，促使內心善良的蘇菲雅繼續行動。

然而無論再怎麼努力，手也沒能掙脫枷鎖——

「求求妳……」

眼淚終於奪眶而出的蘇菲雅開始懇求。

「請放開……榭希兒小姐……」

「辦不到。」

「唔！」

但是，她的懇求也立刻被一口回絕。

薩拉莎像是略感歉意般開口。

「我姑且也有罪惡感，覺得對不起。但是妳曾經擁有能夠拚命去達成的目的嗎？我現在之所以站在這裡，換句話說就是這麼回事。」

薩拉莎抱起榭希兒，搬到牆邊讓她坐下。

「我不打算說什麼光明正大的理由，將來下地獄是理所當然……就算這樣，我也有想要完成的事情。」

所以妳死心吧。

薩拉莎狠狠瞪向蘇菲雅。

蘇菲雅隱約感覺到這是一份堅定的意志。

事到如今即使再度懇求，應該也只會被一口回絕吧。

所以蘇菲雅許下心願。

（誰來……）

這裡有誰？昏迷不醒的孩子們，遍體鱗傷的榭希兒。

再加上「神隱」的主謀，這裡只有這些人。

這樣的心願只是一廂情願的集合體。

（誰來……請救救我們！）

不可能傳達給任何人的心願。

即使如此——

「沒事，的……」

榭希兒的口中輕聲說出這樣的話語。

「因為，他會來……我的家人……」

——就在說出這句話的瞬間。

砰咚——————————————————————————————！

空間入口處的門一口氣被炸飛。

瓦礫以及好幾個身穿黑衣的人被拋進這空間。

「我來救妳了……姊姊。」

然後——

「不認識的壞蛋們，我來把帳算清楚了，所以立刻露出髒臉去死吧。」

吐出雪白氣息的少年在此地現身。

來到被抓走的人們所在的這個空間，艾爾文環視周圍，首先把冰之短劍射向蘇菲雅。

「呀啊！」

突然射過來的劍讓蘇菲雅嚇了一跳。

但是冰劍精確地瞄準蘇菲雅的頭頂——命中相連的鎖鍊，發出尖銳的聲音斷裂。

「蘇菲雅！治療姊姊！」

「知……知道了！」

沒有時間感動至極，艾爾文將榭希兒交給蘇菲雅治療。

聽到這句話的蘇菲雅跑向榭希兒。

（艾爾文先生……！）

這時候，蘇菲雅在哭泣。

許願求救，明明內心已經放棄，心情也變得沮喪……但是朋友前來搭救了。

簡直像是英雄。

無以言喻的情感湧上心頭，但是蘇菲雅在拭去眼角淚水的同時壓抑這份情感。

首先必須做的事情是治療榭希兒。

雖然現在還有呼吸，但是沒有儘快治療的話，很有可能會來不及。榭希兒的現狀就是這麼悽慘。

但是榭希兒的身邊有薩拉莎。

軟弱的自己衝過去就足以拉開距離嗎？她讓那麼強的榭希兒遭遇這種下場，卻依然可以若無其事地站在那裡。

蘇菲雅如此心想的時候，冰塊映滿她的視野。

這些冰塊毫不留情地襲向薩拉莎。

「沒有前情提要也沒有開場白嗎……唔！」

薩拉莎正面承受了冰塊。

話雖如此，但是質量的差距無須多說。就算肌力再強，面對襲來的巨大物體，體格嬌小的少女不可能承受得了。

薩拉莎以手臂覆蓋臉部前方保護頭部，卻沒能完全抵銷力道，反覆在地面反彈滾動。

蘇菲雅趁機跑到榭希兒身邊。

碰觸被血弄髒的榭希兒，施展治療魔法。淡淡的光芒籠罩周圍，慢慢地……雖然真的很慢，但是傷口逐漸癒合。

「謝謝您，艾爾文先生！」

向什麼事而道謝？她沒有特別說明。

因為當然是在感謝至今的這一切。

然後——

「啊哈……果然來……了……」

「因為是約定。」

「欸……嘿嘿……」

艾爾文緩步走在這個空間。

沒有因為榭希兒的顫抖聲音而看向她，像是要保護兩人般，筆直地擋在被打飛的薩拉莎前方。

「可惡……時限到了嗎？意外在她身上用了太多時間嗎？」

薩拉莎慢慢起身。

雖然被塵土弄髒，但除此之外沒有明顯的外傷。看來剛才順利卸除攻擊力道了。

「這不是很過分嗎？一般來說，在這種場面應該先進行某種程度的問答才開打吧？以演出手法來說是不是太著急了？」

「吵死了，人渣。妳以為我和弄痛姊姊的對手有什麼話好說的？」

「我覺得應該有……不過既然你來到這裡，確實沒空進行不必要的問答吧。」

薩拉莎不認為前來救援的只有一人。

部下應該正在幫忙對付，但是不知道什麼時候會被突破防線遭遇許多人襲擊。

即使如此，薩拉莎也不認為自己會輸，但也可能發生什麼萬一。

所以必須離開這裡——不過至今蒐集的那些人挺可惜的。

「所以，再用掉一根吧。」

薩拉莎將手指指向艾爾文。

看到這個行動，艾爾文終於發現哪裡不對勁。

具體來說，薩拉莎的手指有兩根完全消失——

「唔！」

艾爾文的思考似乎忽然響起了警報聲。

回過神來，他已經從腳邊生成巨大的冰牆保護自己的身體。

就在這一瞬間，冰牆開出一個洞，艾爾文整個人被打飛了。

「艾爾文先生！」

看見突然被打飛的艾爾文，蘇菲雅發出擔心的聲音。

到底發生了什麼事？蘇菲雅沒停止治療，看向薩拉莎。

那裡發生了值得吃驚的事。

薩拉莎指向艾爾文的那根手指消失得一乾二淨。

「原來如此……禁術嗎？」

「答對了，真虧你看得出來。」

陷入岩壁的艾爾文一邊擦掉嘴角流出的血，一邊慢慢起身。

「這個禁術是以自己的手指為代價，朝著指定位置給予強大的衝擊。看我的手就知道，我和那孩子戰鬥的時候失去了兩根手指，所以算是剩下七次吧。可以脫鞋的話應該能再增加一點。」

即使失去了自己的手指，薩拉莎依然泰然自若。

對於治療人體的蘇菲雅來說，這副模樣令她背脊竄過一股惡寒。

她知道身體有殘缺的人是多麼悲傷又痛苦。

明明是這樣，眼前的少女卻對於身體殘缺毫無感覺——這樣很奇怪。

此時，蘇菲雅從薩拉莎身上感覺到更勝於以往的恐怖。

「話這麼多，要我強行把妳那張嘴縫起來嗎？」

「別這樣，我只是在講道理罷了。」

薩拉莎以淡然的態度聳肩。

「話說回來，禁術使……原來真實存在啊。」

「沒什麼好奇怪的吧。既然留在文獻裡就證明曾經實際存在，也不難想像會出現尋求禁術的人。」

那麼接下來……

薩拉莎露出無懼一切的笑容，重新面向艾爾文。

「她是你重要的人吧？那就拿出全力上吧。」

聽起來……像是在挑釁。

這句話刺激艾爾文的忍耐極限，從以往的模樣轉變為無法想像的面貌。

「閉嘴，臭小子。我一定要挫挫妳的威風讓妳哭出來……！」

——接著再度展開戰鬥。

使用昔日禁忌魔法的禁術使。

持續隱藏實力至今的王國異端天才。

雙方緊握拳頭蹬地向前衝。

◆◆◆

——禁術使。

正如其名，是使用禁術的魔法士。

每次使用都會產生代價，過去因為造成魔法士減少而被禁止使用，但是每一擊的威力都勝過現存的所有魔法。

在正統魔法普及的現代，如果出現使用這種禁術的人會如何？

當然會誕生「所向披靡」這個說法吧。

「好啦，再用掉一次吧。」

「嘖！」

和薩拉莎的這場戰鬥，以艾爾文的本事來說難得被迫單方面防守。

每次被手指瞄準，他就生成冰牆試著防禦衝擊。即使如此，下一瞬間還是會連同冰牆被打飛，以自己的身體在岩壁撞出凹洞。

每次撞擊岩壁，就覺得自己的內臟被震得亂七八糟。
已經不認為器官都還在原本的位置。
（明明隔著牆接招了，這種威力實在是饒了我吧……）
如果不靠冰牆接招會變得如何？連現在都受了強烈到吐血的衝擊，不難想像直接打中會變成什麼樣子。
因此，必須要以冰牆擋在彼此中間。
不能鬆懈，一定要逐一應對那些手指。
（雖然這麼說，但是那傢伙的手指還剩三根。）
艾爾文即使倒在岩壁邊，依然在薩拉莎的頭頂與側面製造巨大的冰柱。
薩拉莎接連閃躲。頭頂躲不掉的冰柱就犧牲手指將其破壞，製造逃生空間。
（那傢伙應該不習慣戰鬥。如果不是這樣，就不會特地為了迎擊而用掉寶貴的手指！」
即使受到攻擊也要留下攻擊手段。
看她沒有這種想法，艾爾文猜測薩拉莎不是專職戰鬥。
不過即使這麼猜測，現在近乎遍體鱗傷的艾爾文依然處於劣勢。
「喂喂喂，對少女這麼不留情啊。我的手已經連叉子都握不住了。」
「關我什麼事！那妳就乖乖被打倒啊！」

艾爾文起身向前衝。

在兩側生成冰柱，手上握著冰之短劍。

再兩根……只要撐過去，那傢伙就無計可施。

脫掉鞋子應該可以使用腳趾，為了阻止她這麼做，差不多得要進行近身戰了。

然而——

「太輕鬆了。你不這麼覺得嗎？」

艾爾文的思考停止了。

「……啊？」

是指什麼？冒出這個疑問的時候，為時已晚。

嘰喀，嘎哩————————————————！

響起這種像是金屬摩擦的聲音後，光束從四個方向襲擊艾爾文。

太快了，來不及應對。

身體被燒盡的感覺。哪裡有什麼器官都變得模糊不清的體內，像是遭受致命一擊般遭到重創。

「咳……」

艾爾文口中冒出不該冒出的黑煙。

或許是這個原因，所以他不由得當場跪下。

然而，受重傷的不只是艾爾文。

「咕……咳呼！」

薩拉莎口中流出大量的血。

使用禁術的代價毫不留情地侵蝕使用者的身體。

但是薩拉莎若無其事地站起來，以衣袖擦掉口中流出的血，一副泰然自若的表情。

「稍微說一下某處某人的故事吧。」

薩拉莎以搖晃蹣跚的腳步慢慢走向艾爾文。

「據說在某個地方有一對姊妹。這對姊妹出生在隨處可見的家庭，是隨處可見非常普通的兩個人，而且感情很好。」

沒有魔法的才能，也沒有劍的才能。

不像艾爾文生為貴族，是平凡無奇的平民出身。

「某天，這對姊妹的家被盜賊襲擊。這單純是不幸的開始。姊姊以外的所有家人都被殺了。爸媽與妹妹都啟程前往天堂，只留下姊姊一個人。」

這是在說誰的故事？

雖然思緒朦朧，但是艾爾文立刻理解到這是在說誰的故事。

「姊姊強烈憎恨這個世界。沒了父母與寶貝妹妹，姊姊甚至失去活下去的希望。但是就在這個時候……姊姊遇見了名為禁術的美妙魔法。其中有一個名為蘇生的禁術……唯一的代價是和蘇生對象條件相符的活祭品。」

「所以妳……」

「沒錯，我抓人是為了讓我的妹妹復活。」

一切都是為了讓妹妹死而復生。

為了準備蘇生禁術所需的代價而抓人，最後終於被稱為「神隱」。

「『妳妹妹不希望這種事』……可別對我說這種話喔。這種陳腔濫調我聽膩了，也知道那孩子應該會這麼說。就算這樣我還是不想退讓，不想交出我的寶貝妹妹。」

薩拉莎終於靠著蹣跚的腳步站到艾爾文面前。

「這就是我的目的。就算被別人責備，就算要下地獄，就算要犧牲某些東西也想做到的事。怎麼樣，帶著這個真相進棺材還算不錯吧？」

一切都是為了妹妹。

再怎麼傷害他人，再怎麼傷害自己也想完成的夢想。

她應該非常重視妹妹吧。

唯獨這部分……只有一點點，艾爾文也稍微可以理解。

「好啦，差不多該落幕了。」

薩拉莎以剩下的手指指向艾爾文。

再來只要失去這些手指，眼前的強敵就會消失。

「我也有……不能退讓的東西……」

所以——

「劇場開幕。」

艾爾文搶先微微開口。

「固有魔法……『硝子（Glass）之我城』。」

然後，世界被冰之玻璃改寫了。

身體莫名地逐漸變得暖和。

在朦朧的意識中，榭希兒不由得這麼說。

「好美……」

出現在眼前的是冰之堅牢。
在火把照亮的地下燦爛閃耀的美麗孤城。在異質空間釋放存在感的隔離領域。
這幅光景在這一瞬間出現。

「這，是……什麼？」
另一方面，被關在內部的薩拉莎藏不住內心的驚訝。
清水般結凍的冰像是水面反射光線，如玻璃般薄薄地映出人的身影。
現在占滿眼前四面八方的這些冰面，映出了許多自己的身影。
明明直到剛才都只是陰暗的空間，卻像是整個世界被塗改……景色變化得太多了。
「我知道動機了。」
艾爾文搖晃起身。
「不希望我同情對吧？妳放心，我原本就不想同情也不想退讓。」
「可惡！」
薩拉莎以手指為代價打飛艾爾文。
但是說來令人驚訝，艾爾文的身影粉碎了。不只如此，周圍的冰雖然也被破壞，卻立刻復原了。

「好啦，試著走出這裡吧。這是我千真萬確沒讓任何人看過的最後全力。」

聲音在迴盪。

直到剛才還在眼前的艾爾文是假的。

到底在哪裡？如此心想的瞬間，玻璃牆映出艾爾文的身影。

薩拉莎反射性地指向映出身形的艾爾文，再度犧牲一根手指。

「可惜。」

然而也只是將玻璃牆打碎。

艾爾文的聲音依然在腦海響起。

不只如此，周圍一整面的玻璃……開始出現許多艾爾文的身影。

（中招了……！）

薩拉莎不禁咂嘴。

——固有魔法。

習得無詠唱技術的魔法士之中，只有極少數人能登上這個魔法的巔峰。

沒有任何人可以模仿，遠超過泛用魔法的水準，強大又無情的力量。

在這個世界上能使用固有魔法的魔法士，比起能使用無詠唱魔法的魔法士更少。

需要的是壓倒性的天分。

必須熟知魔法，全心鑽研如何在自己做得到的範圍內，從現存魔法將超乎想像的現象帶到這個世界，否則無法達到固有魔法的境地。

說穿了，就像是不用看的就臨摹出混雜的街景。

也多虧這樣，所以固有魔法造成的影響比任何魔法還要大。

（這傢伙在這個年齡就達到了這個境地嗎！而且還擁有普通騎士水準以上的體術！）

剛才那一擊之後，自己失去了全部的手指。

若要繼續使用「指彈」的禁術，就必須進一步犧牲腳趾。

（事到如今我不會猶豫，但是如果用了腳，今後就不知道是否能自在行動。就算這麼說，如果要使用「重光」的禁術，身體不知道是否撐得住……）

話雖如此，但是在這裡猶豫而敗北就本末倒置了。

思考優先順位吧。此時此地的最佳手段是——

（首先用「指彈」發動攻勢……！）

就在這個時候。

玻璃的另一頭出現好幾個艾爾文走向這裡。

「這是什麼原理啊！」

拳頭打進薩拉莎的身體。

薩拉莎抓住對方的拳頭想要應對，這次卻是頭頂被人從後方踢了一腳。

沒有停止。好幾個艾爾文暴風般的毆打襲向薩拉莎的身體。

（哪一個是本尊……！）

在承受毆打的同時，薩拉莎的思緒極度混亂。

因為造型完全一樣。無論誰說哪個傢伙才是本尊應該都會相信，眼前的艾爾文們就是這麼難以分辨。

再加上——

「不會讓妳使用禁術。有這種空檔我會一直打。」

咚喀————————！

連脫鞋的時間都沒有。

現在薩拉莎的手已經變得慘不忍睹。

既然沒有儲備就必須製造新的，否則無法順利地突破現狀。

然而艾爾文連這種空檔都不給。

（使用這麼大規模的魔法……魔力肯定遲早會用盡！）

但是，自己撐得到那個時候嗎？

持續承受這種攻擊，沒了禁術就只是普通女孩的自己撐得住嗎？

（不，撐不住……！）

從剛才就在頭暈。

感覺一旦鬆懈就會連意識都失去。

襲遍全身的痛楚逐漸剝奪薩拉莎的選項。

「我不能……在這裡……輸掉……！」

為了讓妹妹死而復生。

知道我心狠手辣至今是為了什麼嗎？

（即使再怎麼被罵，即使傷害任何人，即使害得任何人受傷，我都不希望至今的努力化為烏有……！）

要是在這裡輸掉，至今走過的路將變得徒勞無功。

平凡女孩墮落為殘忍惡徒就沒意義了。

一擊。

以這一擊殺掉艾爾文。

考慮到自己的身體，恐怕無法使出下一招吧。肯定連站著對峙都做不到。

即使如此，只有這場戰鬥——一定要贏。

「重……光……」

——發射。

這一瞬間，足以覆蓋牢城的巨大光芒以自己為中心出現。

◆◆◆

玻璃的牢城瓦解了。

溢出的光芒突破寒冰，艾爾文那如幻想般誕生的世界崩毀了。

光線在灑落的寒冰碎片反射之下美麗閃耀。

在那下方，薩拉莎不經意地仰望洞窟頂部。

「啊啊……」

口中冒出鮮血。

不只如此，毆打造成的瘀青以及割裂的傷口滲出不正常的黑色。

艾爾文最後的魔法被薩拉莎的禁術粉碎了。

正如計畫般，薩拉莎成功擺脫毆打，成功逃離不可思議的魔法。

不過……若問她是否贏了這場賭注，答案是否定的。

「沙沙」地一聲。

背後傳來踩踏沙土的聲音。

「你這混蛋……」

薩拉莎笑了。

沒力氣轉身向後，苦澀的表情令人感覺到悔恨。

「結果無論懷抱何種夢想，壞蛋照例終究會敗北嗎？」

「這我不知道。」

然後——

「我只是遵守了和姊姊的約定。」

轟————！

沉重的聲音響遍薩拉莎的腦袋。

異端的天才。

這名少年的戰鬥，因為少女倒地而落幕。

◆◆◆

「啊啊……身體好痛。我覺得這已經是在軟綿綿的床上睡一週都不會被罵的程度了。」

艾爾文以搖搖晃晃的腳步走向榭希兒她們。

薩拉莎就躺在一旁，但他沒有要綁起來的意思。

應該暫時起不來吧。因為剛才沒有打偏的觸感，看起來也不像是假裝昏迷。

「艾爾文先生！」

但是走到一半，蘇菲雅就前來迎接。

與其這麼說，說她是因為擔心而跑過來應該比較正確。

「啊，蘇菲雅。妳沒事嗎？蕾拉她非常擔心喔。」

「我沒事……艾爾文先生的傷比較嚴重！」

蘇菲雅會慌張也可以理解。

因為艾爾文全身上下破破爛爛，口中流出的血也黏在身上，明顯已經遍體鱗傷。

相較於只被塵土弄髒的榭希兒差太多了。

「沒事沒事，男人就是要受傷才有價值。」

「可、可是……！」

「不提這個，幸好妳和大家都平安無事。」

艾爾文這麼說完，輕輕將手放在蘇菲雅頭上。

不知道是感觸良多還是不好意思。
蘇菲雅的臉蛋瞬間染得通紅。
「咦，怎麼了？」
「啊，不……沒什麼四！」
看來是咬到舌頭了。
這個反應很可愛，艾爾文露出苦笑。
「姊姊呢？」
「啊，是的！我確實治好了！不過體力應該消耗得很嚴重，所以必須暫時靜養……」
「這樣啊，謝謝。多虧有妳，看來姊姊也不會有事。」
艾爾文從蘇菲雅頭上移開手，再度走向榭希兒。
但是——
「……要道謝的是我。」
蘇菲雅輕輕握住艾爾文的手。
「對不起……是我害榭希兒大人遭遇危險。」
如果自己沒給她餅乾……
說起來，如果自己沒在攤販那裡收下餅乾……

這次的事件應該可以順利解決。

但是下一次呢？何況因為自己害得艾爾文與榭希兒受傷了。

蘇菲雅內心產生強烈的罪惡感。

「啊～……就算要妳不必太在意，妳應該也會在意吧，但是姊姊絕對不會認為是妳的錯喔。」

反正應該是姊姊的正義感使然吧。艾爾文如此心想。

姊姊的善良是眾所皆知。明明大家都被鎊住了，為什麼只有榭希兒沒被鎊住？原因可想而知。

想要拯救這裡的人們。

肯定是為此而親自揮拳戰鬥吧。

所以，這時候應該說的不是這種事——

「到時候要向她說聲謝謝喔。」

艾爾文像是要讓蘇菲雅安心般露出笑容。

看見這張笑容的蘇菲雅雙眼泛淚。

「好的！」

太好了。艾爾文看著蘇菲雅的笑容心想。

詫異與達成了什麼的感覺湧上心頭。
像這樣看見別人的笑容，就會覺得自己確實成功拯救而感到困擾。
因為會覺得自己受到的傷痛沒有白費。
艾爾文帶著蘇菲雅走到榭希兒身旁。
接著，榭希兒即使筋疲力盡，依然露出柔弱的笑容。
「欸嘿嘿……小艾，你果然來了。」
「那當然。」
明明剛才進行過那麼激烈的戰鬥。
明明剛才是那樣遍體鱗傷。
兩人卻依然相視而笑。
「欸，小艾……」
「什麼事？」
「那個人說她想要拯救妹妹。」
艾爾文立刻知道她說的「那個人」指的是誰。
「同情嗎？」
「不，我不會同情。因為沒道理可以因為這樣就傷害別人。只不過……」

榭希兒以無力的雙眼看向倒地的薩拉莎。

「感覺可以理解她的心情耶。我只是這麼想罷了……」

「……這樣啊。」

艾爾文也可以理解榭希兒想說什麼。

肯定是在假設如果榭希兒死掉，艾爾文自己會怎麼想吧？

或許也會走上和薩拉莎一樣的路。

艾爾文受到上天的眷顧，薩拉莎卻沒有。

彼此只有這樣的差異，心態有著相似的部分。

「謝謝。」

艾爾文將注意力朝向某處時，榭希兒向他這麼說。

「謝謝你遵守那時候的約定。」

不知道這句話有多大的分量。

聲音無力又細微。

不過反而使得艾爾文的內心更加溫暖。

這是理所當然的吧。

因為，我們是——

「因為我們是家人。」
「呵呵……說得也是……」
艾爾文蹲下來抓住榭希兒的手，就這麼抱著她起身。
剛好就在這個時候，入口方向出現數個人影。
「蘇菲雅！」
「蕾拉小姐！」
看見以慌張神情現身的蕾拉，蘇菲雅不由得跑過去。
此外，莉潔洛緹與騎士團的人們也一起來了。
看來大家順利壓制了敵方勢力。
看著這一幕，艾爾文溫柔地朝榭希兒開口。
「姊姊，我們回去吧。」
「嗯！」
——「神隱」。
驚動王都的這個事件，順利以無人犧牲的結局落幕。

終章

「神隱」事件結束經過一週。

到頭來，禁術集團——「愚者之花束」的全貌依然不得而知，但是包括主謀薩拉莎的成員被後來抵達的王國騎士團逮捕，被抓走的孩子們也全部平安，如今各自回到了自己的家。

或許該說果然，立功的學園騎士團雖然獲得褒獎，卻被上頭訓了一頓。

沒收到任何人的指示，敵方實力也是未知數，卻這麼攻進根據地。依照約定，莉潔洛緹與艾爾文一起被罵了。

然後現在——

「唔！又在馬車上！」

舒適的上學日早晨。

艾爾文一如往常連同床單被運上馬車而清醒。

「小艾早安～」

「啊，姊姊早安。不好意思，幫我拿一下制服。」

「好～」

看來已經習慣了。

沒有人進行任何吐槽。

「這麼說來，在那之後經過一週了耶。」

榭希兒邊從座位下方取出制服邊這麼說。

艾爾文接過制服，以床單遮掩身體開始換衣服。

「唔……只要一想起來，全身上下就好痛！看來為了保重身體，不就只能向學園請假了嗎？不是這樣嗎？」

「不是這樣所以沒問題！活力，活力！」

「蘇菲雅的優秀反映在這裡了……！」

經過蘇菲雅的治療，艾爾文僅僅一天就完全康復。

當然，榭希兒雖然也需要靜養一天，現在卻完全是生龍活虎。

從來沒處於這麼不影響日常生活的萬全狀態。

「聽說了嗎？那個叫薩拉莎的人……現在納入王國騎士團的管轄。」

「薩拉莎是那個禁術使嗎？」

「嗯，好像是要從她口中問出禁術集團的情報。而且她的身體狀況比她自己想像的還要悽慘。」

「那當然，因為她當時不顧一切地使用禁術，手指連一根都不剩了。」

就是這麼想要讓妹妹死而復生吧。

雖然也能以瘋狂兩個字解釋，但是這份瘋狂等於是從親情與執著誕生的，所以也不能一概批判。

「在那之後，我也會忽然這麼想……」

榭希兒不經意地看向馬車外頭。

「要是王國伸出援手的範圍可以再廣一點，或許那位妹妹根本就不用死。這樣的話那個人也不會成為惡徒，過著和平的每一天吧。」

「這是理想論喔。」

「嗯，我知道。」

不過……

榭希兒以透露某種決心的眼神開口。

「我還是想成為騎士，幫助各式各樣的人。為了避免出現像是這次事件的人，我要成為了不起的人，保護大家過著常保歡笑的生活。」

「……」

「為此還需要繼續好好努力才行～！」

榭希兒挺直了背脊。

像是要讓心情煥然一新，再度下定決心。

看到這樣的姊姊，艾爾文他──

「我目前還不想成為騎士。」

想要悠閒懶散地過生活。

並且協助自己身邊……伸手可及的人們。

姊姊、家人、朋友、領民。由自己決定優先順位，幫助自己能夠拯救的人。

即使如此，艾爾文還是輕聲一笑。

「姊姊就以自己喜歡的方式活下去吧。我會在後面好好保護妳。」

艾爾文不適合成為英雄或是忠義之士。

沒有想要拯救世人的善良或傲慢，只是在怠惰背後有著一點點的溫柔。

今後應該也不會成為受到讚頌的人吧。

艾爾文覺得這樣就好。因為只要眼前的少女常保笑容，自己肯定就能心滿意足。

看見艾爾文的笑容，榭希兒頓時露出傻眼般的表情。

然後慢慢起身坐到艾爾文身邊。

「欸，我現在稍微被感動了，所以可以吻你嗎？」
「……妳以為我會答應嗎？這個笨姊姊。」
「咦～！現在不就是這種氣氛嗎？」
「在氣氛之前先注意關係啦，這樣是錯的！」
艾爾文朝著坐在身旁的榭希兒擺出戰鬥架勢。
或許該說這對姊弟總是無法漂亮收尾吧，再好的氣氛也在瞬間消散。
「唔！姊姊我不會放棄的！」
「沒有堅持的要素吧！我們是姊弟，不是可以搶走或被搶走初吻的關係——」
「啊！那邊有外星人！」
「以為用這招就騙得了我嗎？我終究不是這種小孩子——」
「那邊有漂亮的女性！」
「什麼？」
「……這個反應實在讓我大受打擊。」
看見艾爾文看向馬車外頭拚命尋找虛構的美女，榭希兒垂頭喪氣。
但她輕聲嘆氣之後，慢慢將手伸向艾爾文的臉。
然後就這麼把自己的臉湊過去。

「欸，小艾……」

「嗯？我正在找美麗的女性所以很忙唔嗯？」

艾爾文嚇了一跳。

臉被捧過去，填滿視野的是榭希兒端正又美麗的臉蛋。

柔軟水嫩的觸感在嘴唇擴散，腦中染上驚愕與明顯的幸福感受。

經過數秒還是數十秒之後，彼此的臉慢慢分開。

「呃……！」

話說在前頭，榭希兒是美少女。

雖說是姊姊，卻是沒有血緣關係的異性。

突然被這樣的對象親吻會如何？艾爾文的臉一下子染得通紅。

「雖然這麼晚才說，不過──」

榭希兒也羞紅著臉頰開口。

「謝謝你，小艾……謝謝你來救我。好喜歡你。」

──被稱為公爵家之恥的異端天才。

這樣的少年在某天被心儀他的姊姊發現實力，被迫加入騎士團。

也被捲入名為「神隱」的事件。

就算這樣，少年還是守護了一個女孩的笑容……得以在現在這一瞬間欣賞這抹笑容。

「……明明是我的初吻。」

「嘻嘻，姊姊我也是♪」

今後肯定也會繼續被各種苦難襲擊或波及吧。

即使如此，少年也肯定會保護眼前的少女——因為這是約定。

後記

好久不見，還有初次見面的各位幸會了。

我是楓原こうた。

本次誠摯感謝各位購買本作品。

久違承蒙Fantasia文庫出版著作，很高興可以再度見到各位讀者。

話說，這次是以「姊姊」為主題的作品。

實際上我沒有姊姊……是以「有這樣的姊姊該有多好～」的心態執筆。

當然要是真的有這種姊姊應該會嚇一跳吧。

睡覺的時候鑽進弟弟的被窩，以招致家庭破碎的發言脅迫並且強行索吻。如果有這種姊姊，弟弟肯定會吃不消。

但是這樣才棒！如果各位這麼心想，我會很高興的。不，就算各位沒想到這種程度，起碼只要覺得「好可愛！」就是我的榮幸。

除此之外，還有默契十足的搭檔、可愛討喜的同學，以及一國的公主大人登場。但是本作始終是姊姊與弟弟在最後結為連理的故事。「不對，我想和普通的女生結婚啊？」你給我閉嘴。

原本姊姊與弟弟發展為進一步的關係不是好事。不過希望各位始終以「兩人沒有血緣關係」來原諒這樣的劇情安排。「就算沒有血緣關係也不行啦混帳作者！」旁邊那傢伙好吵。這樣不是很好嗎？有個那麼可愛的姊姊。我沒有姊姊所以很羨慕。

「可惡，你這個三流作者！居然說得像是事不關己！」

因為確實不關我的事。嗯。

「可惡……我打從心底想揍你一頓！」

話是這麼說，既然主角艾爾文鬧脾氣到這種程度，或許必須稍微顧慮一下。雖然是愚蠢又墮落而且個性難搞只有戰鬥能力可取的傢伙，卻也是我們的主角。要是鬧彆扭影響到本作劇情就麻煩了。

「……總覺得被數落得很慘，不過你能接受真是太好了。」

綜上所述，下一集說不定會是由不同的女生在劇中活躍。

如果接下來有機會見面，能讓各位拭目以待是我的榮幸。

在最後，參與本作品製作的編輯大人以及相關人士，繪製美妙插圖的福きつね大人，以及購買本作品的各位讀者大人。

請容我重新致上由衷的謝意。
希望下次還能見到各位。我和主角非常期待這一天的到來。

命定之人是妻子的妹妹。 1~2 待續

Kadokawa Fantastic Novels

作者：緣逢奇演　插畫：ちひろ綺華

與妻子和其妹展開的三角戀愛喜劇，
朝令人意想不到的方向大失控！

回想起前世的記憶，導致我情不自禁地當著妻子兔羽的面，與她的妹妹獅子乃接吻……在寒冬中被趕出家門。然而就在此時，兔羽被帶回老家了！我究竟能不能從兔羽那裡取回失去的信任呢？能不能卸除膽小的她心中的銅牆鐵壁，順利迎來有夫妻樣的生活呢？

各 **NT$240/HK$73**

我的女性朋友意外地有求必應 1~2 待續

Kadokawa Fantastic Novels

作者：鏡遊　插畫：小森くづゆ

「人家想給你我家的備用鑰匙。」
與可愛女性朋友大玩「色色遊戲」的第二集！

湊與葉月同居（？）了。而金髮褐膚的辣妹穗波麥，也加入了湊與清純大小姐瀨里奈瑠伽的「色色遊戲」。校慶將至，湊的班上決定開設女僕咖啡廳，葉月與瀨里奈卻為了女僕咖啡廳的方向性爆發對立，還把湊也捲了進去……？

NT$240~260/HK$80~87

國家圖書館出版品預行編目資料

被弟控姊姊發現我其實是最強魔法士。在學園裡再也無法隱藏實力/楓原こうた作；哈泥蛙譯. -- 初版. -- 臺北市：臺灣角川股份有限公司, 2024.04-
冊；　公分. -- (Kadokawa fantastic novels)
譯自：ブラコンの姉に実は最強魔法士だとバレた。もう学園で実力を隠せない
ISBN 978-626-378-774-2(第1冊：平裝)

861.57　　113001907

Kadokawa
Fantastic
Novels

被弟控姊姊發現我其實是最強魔法士。在學園裡再也無法隱藏實力 1

（原著名：ブラコンの姉に実は最強魔法士だとバレた。もう学園で実力を隠せない）

2024年4月22日　初版第1刷發行

作　　者：楓原こうた
插　　畫：福きつね
譯　　者：哈泥蛙

發 行 人：台灣角川股份有限公司
總　　監：呂慧君
總 編 輯：蔡佩芬
主　　編：林秀儒
副 主 編：楊鎮遠
設計指導：陳晞叡
美術設計：李思穎
印　　務：李明修（主任）、張加恩（主任）、張凱棋

發 行 所：台灣角川股份有限公司
地　　址：104台北市中山區松江路223號3樓
電　　話：(02) 2515-3000
傳　　真：(02) 2515-0033
網　　址：www.kadokawa.com.tw
劃撥帳戶：台灣角川股份有限公司
劃撥帳號：19487412
法律顧問：有澤法律事務所
製　　版：巨茂科技印刷有限公司
ISBN：978-626-378-774-2

BURAKON NO ANE NI JITSU WA SAIKYOMAHOSHI DATO BARETA.
MOU GAKUEN DE JITSURYOKU O KAKUSENAI Vol.1

First published in Japan in 2023 by KADOKAWA CORPORATION, Tokyo.
Complex Chinese translation rights arranged with KADOKAWA CORPORATION, Tokyo.